河出文庫

なみだふるはな

石牟礼道子
藤原新也

河出書房新社

ふたつの歴史にかかる橋

藤原新也

一九五〇年代を発端とするミナマタ。
そして二〇一一年のフクシマ。
このふたつの東西の土地は六十年の時を経ていま、共震している。

効率を先んじ安全を怠った企業運営の破綻。
その結果、長年に渡って危機にさらされる普通の人々の生活と命。
情報を隠蔽し、
さらに国民を危機に陥れた政府と企業。
罪なき動物たちの犠牲。
母なる海の汚染。

歴史は繰り返す、という言葉をこれほど鮮明に再現した例は稀有だろう。
そのふたつの歴史にかかる橋をミナマタの証言者、
石牟礼道子さんと渡ってみたいと思った。

花を奉る

石牟礼道子

春風萌《きざ》すといえども　われら人類の劫塵《ごうじん》
いまや累《かさ》なりて　三界いわん方なく昏《くら》し
まなこを沈めてわずかに日々を忍ぶに　なにに誘《いざな》わるるにや
虚空はるかに　一連の花　まさに咲《ひら》かんとするを聴く
ひとひらの花弁　彼方に身じろぐを　まぼろしの如くに視《み》れば
常世《とこよ》なる仄明りを　花その懐に抱けり
常世の仄明りとは　あかつきの蓮沼にゆるる蕾《つぼみ》のごとくして
世々の悲願をあらわせり
かの一輪を拝受して　寄る辺なき今日《こんにち》の魂に奉らんとす
花や何　ひとそれぞれの　涙のしずくに洗われて　咲きいずるなり
花やまた何　亡き人を偲ぶよすがを探さんとするに
声に出《いだ》せぬ胸底の想いあり
そをとりて花となし　み灯りにせんとや願う

灯らんとして消ゆる言の葉といえども
いずれ冥途の風の中にて　おのおのひとりゆくときの
花あかりなるを
この世のえにしといい　無縁ともいう
その境界にありて　ただ夢のごとくなるも　花
かえりみれば　まなうらにあるものたちの御形《おんかたち》
かりそめの姿なれども　おろそかならず
ゆえにわれら　この空しきを礼拝す
然《しか》して空しとは云わず
現世はいよいよ　地獄とやいわん
虚無とやいわん
ただ滅亡の世せまるを待つのみか
ここにおいて　われらなお
地上にひらく一輪の花の力を念じて　合掌す

二〇一一年四月　大震災の翌月に

なみだふるはな　目次

二日目（2011年6月14日）

なみだふるはな

一日目

（2011年6月13日）

滲む紙

藤原　この『死ぬな生きろ』は去年出した本です。

石牟礼　いいですね、この色が。色調がグレーというのは好きでして。私、『死ぬな生きろ』というタイトルだったので、どういう写真があらわれるかなと思って見てみましたら、花が出てきて「あっ」と思って。こういう本のつくり方もあるんだなと思いました。

藤原　書と写真で構成するというのも、いままでにあまりないかもしれません。

石牟礼　この、墨が滲むというのが私も好きです。

藤原　用紙も自分で指定しました。この用紙を使ってくれとか、わりとうるさいんですよ（笑）。今回は墨文字があるから、あまりピカピカ光った紙は合わないですからね。しみ込むような紙を使って。

石牟礼　私は小さいときから紙が好きでございましてね。紙そのものが好きで、折り紙でお人形さんをつくったり、何かいろいろつくるんですけれども、それも滲むのが好きですね。

藤原　石牟礼さんの小さいころというのは、和紙になるわけですか。

石牟礼　和紙でございます。それで、お嫁に行くときに和紙をたくさん集めて。色紙とか短冊とか。そのころ、水俣のような田舎にも短冊や色紙がございました。誰か書く人がいたんでしょうね。それを大事に嫁入り道具の代わりに持っていって、不審がられました（笑）。それで、なつかしいです、こういう本。

藤原　最近は、こういう紙はなかなか使わなくなりました。印刷所がいやがるんですよ、色が出ないから。

石牟礼　そうですか。私はまだ古い紙、いろいろ持っています。色が変わってきて、何か書かなきゃと思っているんですけれども。

きれいですねえ、この赤の色。この背景のグレーが効いていますもの。いろんなグレーになさって。これは、私は何も知らないのですけれども、写真機に写るんですか。

藤原　そうですね。そのまんまの色ですけれどもね。僕は写真はあまり加工しないんです。加工するということは写真を加工すること以上に対象を加工することですからお手軽にやるべきことではないと思っています。

猫好き

石牟礼　この写真の猫ちゃんは、野生ではないでしょ。たぶんこれは飼われているんじゃないかと思います。

藤原　そうですね。お寺の境内にいました、たぶんこれは飼われているんじゃないかと思います。

石牟礼　何をされているのか、何となくわかっているんです。こういう頭のよい猫は自分がいま逆に野良猫だとカメラを凶器だと思ってしまうところがある。レンズが目に見えるんですね。

石牟礼　この猫は気品がある。

藤原　そうですね、気品があります。猫はお好きですか。

石牟礼　猫は大好き。

藤原　そうですか。猫を飼われたことはあるんですか。

石牟礼　猫は、この仕事場に来てからあきらめました。自分が歩くのが危ないので。猫はまつわりついてきますでしょ。何もないところでも倒れたりいたしましたので、それで飼うのをあきらめていますけれども、もう、ものごころついたときからずっと猫がいました。

藤原　何匹ぐらい？

石牟礼　いちばん多いときは十三匹。猫っておもしろいですね。人間でいえば未婚の母みたいな猫がいるでしょう。まだ少女猫。産んでも、母親になることができない。放置して、おっぱいの飲ませ方もまだわからない。そういう猫の子がいますと、雄猫たちが世話をやくんですよ。

藤原　へえ、そうですか。まるで最近の人間界の話みたいですね。

石牟礼　はい。十三匹もいると、もうぐちゃぐちゃ（笑）。食事どきになると大変。大きなお丼に、カリカリ餌じゃない時代でございますよ、ちゃんと猫飯というのをつくった。猫雑炊というのをつくって。キビナゴってごぞんじですか。そういう魚を入れて。

藤原　贅沢ですね。キビナゴを使うのは贅沢ですよ、いま。

石牟礼　いまは高いですけれど、昔は安かったですから。

藤原　魚は時によって価値が変わりますね。メゴチなんか昔は漁師は捨ててた。いまは天ぷら屋さんでは高級食材です。

石牟礼　キビナゴはイワシよりやや小さい魚ですが、一匹くわえると、けっこうかっこいいんですよ。ヒゲのピンと張った猫が魚をくわえていると。子猫でも。

　そんな猫飯をつくって大きな丼に入れておくと、わーっと寄ってきて、ニャアニャアいいながら、よその猫も聞きつけて食べにきたり。そうしますと子猫たちは、追い出されるんですね。そうすると雄猫がくわえて連れてきて、子猫の後ろにこう自分の前足をあてて座るんです。子猫のちょっと後ろのほうに大きな雄猫が。そして、その足の間に子猫を入れて、「食べろ」と膝で押して。何かそんな世話をするんですね。

その猫たちがだいたい食べ終わるのを見ていて、終わるころになるとお丼の中のご飯が少なくなっていますから、そのときのためにとっておいたご飯を入れてやって、最後の猫たちに食べさせるんです。お腹がいっぱいになると、雄猫たちは今度は子猫たちを相手にひっくりかえって。よく人間の赤ちゃんも、そうやって遊ばせるでしょう。お腹の上で、こうやって。それを雄猫がやるんです。

藤原　へえ。僕も猫は好きですけど、そういう光景は見たことないです。完璧な男前じゃないですか。

石牟礼　写真を写しておけばよかったですね（笑）。

藤原　その集団は血のつながった大家族なのですか。

石牟礼　大家族ですが血縁じゃない。血縁もおりますけれども。

藤原　子猫に食べさせる雄猫も血縁ではなくて？

石牟礼　血縁じゃありません。「あのメスどもはあてにならん」という感じで（笑）。

藤原　たいしたもんですね。

石牟礼　男はたいしたもんです。そんな猫がおりましたですよ。

藤原　それは、その猫だけですか。
石牟礼　いいえ、真似する猫が出てくるんです。伝統があるんです（笑）。
藤原　へえ。集団でいると、何か知恵がつくんですかね。
石牟礼　知恵がつくんだと思います。それで、ネズミを怖がる猫がいたりね。
藤原　ネズミを捕る名人もいるでしょう。
石牟礼　名人はまた名人でおりますね。自分の体よりも大きな鳩なんかを捕って、持ってきて見せるんです。
藤原　僕のところは旅館をやっていましてね。旅館は食べ物を扱いますから、ネズミが増えるんですよ。僕のところで飼った二代目のミイという猫は……
石牟礼　うちもずっと歴代「ミイ」です（笑）。
藤原　昔は猫はみんなミイだったですね。僕のところのその二代目のミイは、最高一日にネズミを十三匹くらい捕ってきました。
石牟礼　それはたいしたもの。
藤原　いつもネズミが出没するところがわかっていて、そこに一日中ずっと待ち構えているんです。土管に二十センチくらいの穴があいていまして、そこを一瞬すうっと通っていくときにぱっとつかまえる。すごいものですね。一瞬すっと通るときに捕るんですね。恐らくネズミが来ているのがわかるんですね、走る音が聞こえるんでしょうね。見た一瞬だと、もう遅い。一日中朝から晩までそこにいて。そうやって捕ったネズミは見せに来るんです。

石牟礼　見せに来ますね、必ず。

藤原　とったら見せに来て、「よし、よし」といって。十三回「よし、よし」というと、こっちもだんだん飽きてきちゃって（笑）。家族の者が寝ててもこれをやるんですよ。ほめられたいと思って。夜中に眠っていたら、耳もとでうなり声がする。眠い目で見たら、ネズミを頬に押しつけているんです（笑）。

石牟礼　ほめてもらいたいんですよね。

藤原　そうそう。だから寝ぼけながら、「おお、よしよし」って（笑）。

減る猫

藤原　猫はいつも複数匹飼われていたんですか。

石牟礼　数えたこともありませんけれども、一匹ということはありません。常に三匹以上はいました。

藤原　昔は去勢はしなかったんですよね。
石牟礼　そんなことはしませんでしたね。
藤原　そうすると、増えるままですね。どんどん増えていくと困りますよね。
石牟礼　昔、祖父が本来の仕事をやめて隠居をしていたころ、小さな釣り舟を買って釣りにいきはじめたのです。そのうちに沖で付き合いができて、それが水俣病地区の漁師さんたちと天草から出てくる人たちでした。その人たちと沖で知り合いになって、うちに猫がたくさんいるとわかって、猫の子が生まれたらくださいと、舟の上で頼まれて。それで子猫が生まれると、今度は誰々さんのところにあげにゃいかんといって、舟で連れていって沖でさし上げていたんです。
藤原　わーっ、おもしろい。
まるで麻薬の海上取り引きみたいだ（笑）。
石牟礼　天草方面とか、水俣の茂道とか湯堂とかいうところのプロの漁師さんたちが沖で釣られるので、そこでの付き合いができて、土産にと。
藤原　ほーっ。猫がお土産。
石牟礼　それが、ある時期から急に猫の需要が増えて、「まだおらんか」「まだおらんか」って。猫が水俣病になって、それが水俣病を知るきっかけでしたけれども、さし上げてもさし上げても、まだ……。なんでそんなに猫が要るんですかと聞いたら、

「猫が猫踊り病になって、かたっぱしから死ぬもんで」って。

猫がいないとあの辺は困る。舟をつなぐのに、岸辺に杭を立ててそれにつながれるんです。小さな舟が多いんですね。そうするとネズミがその綱を食い切る。それから、網を広げて干されるんですけれども、まだナイロン網ではない時代に、木綿の糸みたいなものを柿渋で染めて、それで網をつくって広げて干しておられると、ネズミが晩に来て網を食いちぎるって。それで、猫が死にはじめたので困っておられた。愛玩用だけじゃなくて、必要だったんですよ。猫の子はいくらおっても足らん。

藤原　猫の手も借りたいというやつですね。

石牟礼　わが家には母の妹、私の叔母がおりまして、猫が嫌いで。家族の中でひとり別所帯にしていましたけれど、それでも猫がやっぱり居つくんですね。それで仕方なく叔母が養っていたんですけれども、猫に赤ちゃんが生まれるとその子猫を捨てに行くというんですよ。どこに捨てに行くかというと、うちは川口ですから、川口に橋があるんです。その橋の上からドボンと川に落とす、赤ちゃんを。「何ちゅうことをする」とみんなでいって。

ある時期から腕が痛かといい出しました。神経痛か何かだったと思いますけれども、猫の罰が当たったと叔母がいい出しまして、それから猫を畑にも連れていくようになって（笑）。猫もついてきて畑で遊んで、夕方になるとどこかにいなくなる。「あら、おらんごつなった」と思っていたら、ちょうど時分どきと思われるころ、迎えに来るんですって、畑に、その猫が。それから猫を急にかわいがりだして（笑）。神経痛もようなったごたるって（笑）。

藤原さんは、屋根の上に猫が遊んでいる風景を見られなくなったって書いておられますね。そういえばそうだなと思って。屋根の上を伝ってピョンと飛んで隣の家に移ったりして遊んでいましたもんね。「あら、藤原さん、猫好きだ」と思って（笑）。

藤原　僕はいまネットで雑誌をつくっているんですけれども、その雑誌の名前が『キャットウォーク』というんですよ。キャットウォークというのは、劇場の舞台裏とか、工場の狭いところとか、猫しか通れないような細い道のことです。そこを通って着替えをしたり、何か作業をしたり、そういうところをキャットウォークというんですね。それから、ファッションショーのステージみたいな派手なステージ、あれもキャットウォークといいます。そのキャットウォークが原発の中にもあるんです。たぶんキャタピラの付いた線量計測ロボットをゴトゴト走らせた、あのような道だと思いますが。猫の道にわけのわからん不気味な機械がゴトゴト通る、変な時代です。

兆し

藤原　水俣で最初に水俣病が発生したとき、当然何でもはじめに兆候がありますね。今回の原発事故によって発生した放射能にしても、臭いもしないし痛くもかゆくもないけれども、当然生物に何らかの兆候が出るはずだと思うんですね。ただその生体異変の兆候を見つけるのがむずかしい。

人間というのはほかの動物に比べ鈍感じゃないですか。だけれども猫とか鳥はすごく敏感でしょう。たまたま水俣の猫が魚を食べていたということが大きかったのでしょうけれども、最初に異変の兆候が見えたのは猫なんですか？

石牟礼　みんなが気づいたのは猫でした。私もそうです。

藤原　最初は猫ですか。ただ、原因は何かわからないという……。

石牟礼　いや、ぴんときているんですね、みんな。市会議員の人が、その人は変わった市会議員で、市議会があるときも畑に行くときの地下足袋姿で行きなさる人というので、わが家でも親しんでいましたが、あるとき遊びに来て、「茂道――患者集中地区といわれている地名です――あたりの猫は鼻の頭のちょろっぱげとる」と。「逆立ちして鼻の頭でぎりぎり舞うから、擦りむけて鼻の頭がみんな赤くなっとる」って。

それで、「朝焚火をしていると焚火の中に飛び込んで死んだ猫もおるし、あちこち逆立ちして飛んで歩いて、海に飛び込んで身投げして死ぬとか。猫踊り病がはやっとるばい」と、その市会議員の人が来て話されたんですよ。「海岸べたの猫は、そげんして死による」って。やっぱり食べ物のことを考えましたね。猫は魚を食べるでしょう。そのうちに、「ヨイヨイ病がはやっとるげな。人間もかかりよる」って。工場ではなかろうかと内心、互いに思っていたんです。

藤原　放射能障害にも、無気力になっていくブラブラ病というのがありますが、猫と同じというとそのヨイヨイ病というのはもっと激しいわけですね。

石牟礼　はい。人間は逆立ちはしきらんけど。私の家の近くに避病院がありまして、避病院に連れてこられている患者さんは、ベッドの上でぎりぎり背中で舞って、紐で縛っておいても紐がぶち切れて、ベッドの下に落ちて壁を掻きむしって死になさるって。そういう叫び声が、そういうときの人間の叫び声ですけれども、あとで熊本大学が研究して症状を書いているんですが、犬が吠えるような、遠吠えするような声だったと。人間じゃなかごたる叫び声ば出して死ぬと書いてありました。

藤原　亡くなる前に叫び声。遠吠えみたいな？

石牟礼　はい。人間じゃないような、犬吠え様のおめき声、と研究誌に書かれました。「わが産んだ娘とも思えん叫び声ば出しよった」って、お母さんたちが泣いておられました。

　水俣の場合、魚は、はらわたも食べますから。町では、はらわたは食べませんよね。水俣の魚は鮮度はいいし、味はなぜか変わらなかったので、魚をよその地区の人たちよりも食べたと思います。

藤原　水銀というのはつまり味も臭いもないということですね。まるで放射能そっくりだ。感じられないものほど怖いものはない。ふつう犬猫のたぐいは臭いにすごく敏感で、保健所がかつて野犬を殺していたときは、肉団子に硝酸ストリキニーネを混入するんです。でも犬は、入ったものは食べません。だから無混入のもので一週間くらい餌付けをして安心させて、条件反射的に食べさせるようにする。

データ

藤原　ところで水俣病というのは発症例が出て六十年くらい経つのですが、いまはもう終息しているのですか。
石牟礼　いまも若い人たちに発症例が見受けられるんです。

藤原　えっ、いまもですか？
石牟礼　はい。二十代の終わりぐらいの人たちが発症しているそうですけれども、国が特別措置法というのをつくって、裁判をしないこと、さらに認定申請を下りることを条件に「和解」し、一律二百十万あげるという。応じたグループには「団体加算金」というのを出す。それで救済すると称しています。
　申請している人たちは四代目ぐらいも多く、最初のころの患者さんはたいがい亡くなったか、亡くなる寸前の人たちで、葬式代なりと欲しい人たちに、和解と称して、勧めているんですよ、行政が。「認定申請をしません。裁判も下ります」ということを「和解」という。私、和解というい方は胸に落ちなくて、先ゆきみじかい人たちに対して脅迫のような気がする。
藤原　それは「和解」ではなく「説得」ですね。官僚というのは文書なんか読むと下手ですが、言葉のいいまわしを変えて本質を見させなくすることには変に長《た》けています。実情は強制避難なのに計画避難地区、南相馬などの放射性廃棄物はどこにも持っていきようがないのにそれを「産業廃棄物中間処理施設」と呼び変え、「中間」という言葉を入れていかにも暫定的であるかのようないいまわしにする。説得されて手を打ったとしても毒素は代々受け継がれるということでしょうか。
石牟礼　三代目は、私は最近はもう行けませんけれども、お訪ねしていた家々では家族全員がかかっておられる。全部同じおかずを食べますから。全員かかっておられて、おじいちゃん、おばあちゃんでしょう、そしてご主人夫婦――世帯主ですね。世帯主のご両親で六人になるでしょう。それから、その息子さんや娘さんや、一家七、八人というのはざらでした。家族全員ということは隠しておられます。すでに胎児性が生まれていましたから、それで三代目でしょう。胎児性の人たちは思う人ができても打ちあけることもできない。五十も半ばになって、首も据わりません。歩けもせず、重症化しています。

藤原　五十歳半ば以下というのは？

石牟礼　それ以下は、いま二十七、八歳の人が二十人ばかり見つかっているんです。

福島の場合は、ちゃんと県民全部を調べようということになりましたでしょう。それを一度もしなかったんです、水俣では。国も県も水俣市も。いまだにしようとしません。

藤原　こればっかりは歴史は繰り返すというか、福島の場合も何もやっておりません。長崎など県外からの応援を得て、例の体の表面に線量計をあてて計測するものを県内各所に設けており、僕も計測しましたが、これは体の表面についた放射性物質はある程度測れますが、肝心の内部被曝は測れません。

それを測るにはホールボディカウンターといって、体を丸ごと鉛の部屋にぶち込んで長い時間をかけて測る機器はありますが、これは特定の原子力発電所にしかありません。福島第一原発の場合は壊れましたから、被曝の恐れのある作業員は他の原発に行って測るんです。

下請けのある作業員がかなりの被曝をしている恐れがあるので他の原発で測ったところ、その計測結果の書類も渡されないまま解雇されたということがある。おそらく相当の被曝をしていたのでしょう。

こういう状況ですから県民すべての体内被曝量を測るなんて到底無理です。公の機関は何もやっていません。福島県内の保護者らでつくる市民団体が、チェルノブイリ時に被曝量を調査した経験があるフランスの機関に依頼して、福島市内の六〜十六歳の男女十人の尿を検査したというのが出ているくらいです。その結果、全員から微量の放射性物質が検出されました。フランスの機関は、「福島市周辺の子どもらに極めて高い確度で内部被曝の可能性がある」と述べています。私の会員制のホームページの、会員の方の家族のお孫さんもその中の一人でした。それでセシウムが検出された。では、その結果を反映して公の機関がその子たちをどうしたかとか、福島全部の子どもを調べたかというと、何もしないわけです。

石牟礼　チェルノブイリなんか、隠している。何かあると思うけれども、隠しておりますよね。

日本の原発設備は、ほとんど寿命が来つつあるでしょう。それで、データは何一つ公表されないでしょう。いまからデータをつくらなければならないんですよね。とても大事なことですよね。原発は人類にとって、ろくなことじゃない。ところが蓄積が、データが、証拠として出せない。

水俣を基礎のところからきちんとやっておけば、こういうときにためになったのにと思います。こういう方式でやったらいいとか、これはむだだとか。研究者も、有機水銀が出た時点で、一部の人を残してぱったり研究をやめちゃったんですよ。過程が大切でしたのに。

ですから、支援の若い人たちに頼んでいるんです。全部やるというのは大変です、不知火《しらぬい》海全部は。でも若い支援の人たちは、ある地区を限っては患者さんと親密な付き合いがありますから。若いといっても、もう六十歳ぐらい。最初来たときが二十代ぐらいでしたからね。その人たちに、お知り合いの患者さんたちからはじめて、その村のことだったらまだ記憶があるから、誰々さんはあのころよだれをたらしはじめてフラフラ歩くようになって、そして一人じゃない、二人じゃない、必ず一軒の家には何人もいらっしゃるはずだから。手がかなわないとか、いろいろあるんですよ、症状が。そういうのを、むずかしく考えないで、かたっぱしから何でもいいから、あっと思うことは記録していって、集計して、基本になる見本をつくればどうですか、と。

取りかかっているみたいですけどね。ただ、支援の人たちも食べていかなければならないですものね。食べる仕事もなさらなければならないし。もう孫が生まれたなんていっていますから。水俣に住み着いて。

藤原　素人の方たちが研究しながら、みんなのために住み着いて？

石牟礼　はい。お手伝いをしたり。カライモ畑とか、ミカン畑とか。たいがい兼業漁師ですから。

藤原　何で食べていらっしゃるんですか。

石牟礼　お手伝いをしながら、甘夏ミカンとか、最近はサラダタマネギというのを。誰がつくり出したのか、なまで食べるのがとてもおいしいタマネギがあるんです。そのお手伝いをしながら。水俣のそういうものを買ってくださる方々が全国にいらっしゃって、注文が来るんですね。

藤原　水俣のものをわざわざ買おうという、そういう人もいる？

石牟礼　はい。いてくださる。

藤原　支援ということで？

石牟礼　はい。

藤原　それもいまの福島の状況と多少似ているところがありますね。福島のものを買おうという。しかしこれは非常にむずかしい選択だと思います。気持ちはわかる。だけどそれらの食品が汚染されていれば、そういう真心を持った人のお子さんやお孫さんが被曝することになります。

僕は、こういった状況を少しでも良い方向に向けるには、福島全域に食品を測ることのできるベクレルカウンターを配備することだと思っています。一つは生産物の数値を測るカウンター。もう一つは一般の人が食品を持ち込んで測ることのできるカウンターですね。一般の人向けにはコンビニに協力してもらい、歩いていける距離にベクレルカウンターを置く。

スペクトル検査でカリウム40とセシウムを分離できるベクレルカウンターは三百万円弱程度ですから、五千台で百五十億ですね。これと、それを管理する人件費は、当然東電が持つべきです。

国の嘘

藤原　水俣のチッソも国策でやった会社で、原発も半ば国策ですよね。それが同じように問題を起こして、原発の場合は海ばかりでなく空気まで汚染されて。そのちがいはあるけれども、ある意味ですごく似たような状況です。

石牟礼　とてもよく似ています。そうして水俣では死人がどんどん出ているのにもかかわらず、流しつづけましたから。国も嘘をいって。だいぶんあと、十五年ぐらい経ってから有機水銀説というのを打ち出したんですね。

藤原　水俣の場合は、国の嘘がばれてきたというのは、そうとう年月が経ってからでしょう。今回福島では、ものすごく早くばれました。

石牟礼　早くばれてますね。ああ、よかったと思って。

藤原　わずか二か月でばれましたからね。それはやっぱり、水俣の時代との大きなちがいは、いまのメディアは表の新聞だとかテレビという大きなメディアと、もう一つネットメディアが生まれたということがあります。

石牟礼　コンピュータの？

藤原　はい。私は去年、石上神宮《いそのかみ》という日本最古の神社の境内で、今年の一文字を三メートル四方の麻紙に書いたのですが、そのとき選んだ文字が「漏」でした。その文字を受けるようなかたちで三月に放射能が漏れ、それに付随してさまざまな情報が漏れた。このネットの時代には情報は隠すのが大変むずかしい。東電がばら撒いた金の流れも手に取るようにわかります。

たとえばいろいろな意味で原発報道の曲がり道は、七三年のオイルショックのときだと思います。貧すれば鈍するという言葉どおり、それまで原発関連の広告を一切載せていなかった三大紙が、朝日新聞を皮切りに次々と載せるようになる。川が決壊するのに、要諦の一部が壊れると総崩れするように、次々と東電の莫大な金に汚染されていく。これは大学の研究室も同様で、東大をはじめ多くの大学に金がばら撒かれる。したがって、今回の原発報道は当初から生ぬるかった。メルトダウンはとっくにしているのに、この言葉を使いはじめたのは事故後四か月も経ってからです。テレビでも、東大の先生が出てきて安全だ安全だと連呼していたことはごぞんじのとおりです。当然東大には真剣な人もおられますが。

　ネット時代にはすべてがばれてしまいますから、途中からそういった人たちはいつの間にかテレビに顔を出さなくなった。なにせ偉そうなことをいっているのにその額には万札が貼り付けられているわけですから（笑）。実際そういう映像がネットにはあるのです。本人がそれを見れば、いくらなんでも平静な顔をしてテレビには出られないでしょう。それでどんどん研究室という穴ぐらに逃げ込んで、名も無い正直な先生が出てくるようになった。

石牟礼　そうですね。地方の大学の先生が出ていますね。

藤原　僕は写真家だから人相を見るんですけど、話しはじめる前に顔を見ただけでその人が本物かニセ物かすぐわかります。だいたい当たりますね。話を聞いてやっぱりそうだったと。

石牟礼　それにひきかえ、東北の人たちの中年以上の男の人の顔は、じつに存在感があるというか、言葉は大変少ないけれども、白髭が半分生えて、剃刀がなくて鋏で、それも切れない鋏で、ところどころ摘んだような髭のおじさんが、「人間が……」とひと言おっしゃると、想いがずしーんと広がる。連想が。とてもいい顔をしておられる。声も、なめらかな声じゃない。存在感がある。こんなことというと悪いですけれども、東北の人の顔に魅了されています。

リアリティ

藤原　震災があって一週間目に被災地に入ったんですね。

いまはもう三か月経って、先日も行きましたが、最初に行ったときとは空気がまったくちがいます。直後というのは……

石牟礼　臭いがある？

藤原　臭いも当然ありますけれども、空気にゾッとするような恐怖感がまだ残っているんですね。津波が来たときに、ものすごい恐怖感が渦巻いたでしょう。人間の叫びだとか。そういう恐怖の声の余韻がまだ残っているんですね、空気の中に。それがわかるんです。その空気に充満していた恐怖の気のようなものがいまはありません。

道端で座り込んで泣いている人もいたし、先ほどおっしゃったような、ほんとうに東北の気丈なおやじが、泣いているんですよ、道端に座り込んで。その光景を見たら……そういうおやじが泣いている光景というのは、僕は初めて見たんですね。それはちょっと、実際にそういう現場を見ると、むごい状況ですよね。

いまはもう、瓦礫の風景だけしか残っていなくて、それはそれだけ復興しているということでいいことだと思うんだけれども、リアリティが感じられない部分がありますね。

石牟礼　『ＡＥＲＡ』の写真を拝見しましたけれども。鳥がいっぱいの。「死臭が」と書いてあった。死臭というのを書いているのは初めて見ました。何か臭いがするはずだと思っていた。書かないですね、臭いのことは、新聞は。

藤原　基本的にはそういう悲惨な状況はなるべく隠すように隠すようにしていますから。たとえば津波の光景でも、人間が二万人死んでいるわけですから、当然いたるところで写真に写っているんです。

石牟礼　写っていると思いますね。

藤原　写ったやつは全部排除して。写っていることがいいことかどうかは別として、そういう二次情報というのは全部選別する時代ですから。

そこで死体を写すべきかどうかという議論がネットであったようですが、僕個人は自然の流れの中での死体は写しますが、事故死の死体は写しません。リアリティを伝えるために死体を写すべきだといういい方がありますが、じゃあ、自分がその死体だったらどうか、自分が無残な死体となって写されたらどうか。僕が水ぶくれになって、その辺に転がっていて、向こうから長玉（望遠レンズ）で人が撮っている光景を想像すると、これは気持ちがよくないですよね。

石牟礼　そうですよね。

藤原　死体を写すべきだという人は、おまえが死体になったらどうだという、そういう観点がないんですね。人は死体になったから人権がなくなるわけではありません。

もう一つは、死体を出したからリアリティが伝わるかどうかという、それはまた別ですね。むしろ僕が撮った、カモメが陸に群れている写真のほうが、ぞっとする力がある。リアリティといいますかね。

石牟礼　感じました、とても。この下には死体があって、鳥たちは食べるわけですからね。

藤原　リアリティというのは想像力だと思うんです。そのものを見せてしまうと想像力は封印されてしまう。見ることはカタルシスにつながってそれで終わってしまう。たとえばお寺でも、写真を撮ってはいけない御本尊ってあるじゃないですか。年に一度しか見せないとか。秘めておくというのは人の想像力を喚起させます。写真というのはちょっとそれと似たようなところがあるんですね。あえて写さない。全部写してしまうと写真から含蓄が消える。

僕は今回の震災地を含めて無数に死体を見てきました。アメリカでは、目の前での飛び降り自殺やピストルで撃たれた死体もあります。フィリピンでも目の前で人が撃たれて死にましたし、パキスタン戦争に行ったときは死体の山でした。インドでの火葬と水葬で犬が人間を食べているシーンです。

だけど、自分が死体を撮ったのはほんの数回です。

それを撮るのは、人生の流れというか生々流転という世界の生理の中にその死体が置かれているからです。それは死体ではありますが自然の一部なんですね。そういったものは撮ります。事故死のようなイレギュラーなものは撮る気がしないんです。

鳥山

藤原　この写真は、遠くのほうに鳥山ができています。鳥山ってごぞんじですよね？

石牟礼　鳥山って、知りません。

藤原　鳥山というのは主に漁師が使う言葉です。僕も船を操縦して釣りをするんですけれども、海の真ん中に出ると、ときどき遠くに鳥がわっとかたまって飛んでいる。ほかの鳥もいますが、だいたいカモメとかウミネコのたぐいです。カモメたちが海のど真ん中で山をつくっているわけです。それを鳥山というんですが、なぜできるかというと、その下にキビナゴだとかイワシだとか、小魚の群れがいるんですね。それが移動しているんです。それを狙って鳥山ができて、鳥山の下には群れ魚がいて、一緒に動いていているんです。

そして小魚のいるところは当然、それを食べようとして大きな魚が来る。そこには必ず大きな魚がいる。だから釣りをする人間は、鳥山を見たら、そこにものすごいスピードで行って、そこで釣りをするんです。

鳥というのは、水面から十メートルぐらい下にいる魚は、同じ十メートルぐらいの高さから見えるんですね。だから、鳥山の高さで魚の棚がわかる。どれくらいのラインを出したらいいかは、鳥山の高さを見るんです。

石牟礼　「鳥山」という言葉は聞いたことはありませんけれども、カライモなどいろいろつくって自分の家で賄おうと菜園畑を皆さん持っていらっしゃって、そこへ出ていって耕していらっしゃるとき、いつも気持ちは沖のほうを見ている。そうすると、「鳥たちがまず群れとる」とおっしゃる。「その下にはイワシたちが行きよる。その後ろからは、大きな魚がそのイワシたちを追い上げてきよる」と。

藤原　それぞれ、それが鳥山です。

石牟礼　そのように母がいっていました。私の家は土木工事をしておりましたので、梅戸というチッソの積出港をつくるために天草から出てきて、築港工事をしておりました。もとはふつうの磯辺だったそうですけれども、その渚に積出港をつくらなければならない。「昔は機械はなかったけん、みんな人の力でしよった」と。その港へ町のほうから行くのに、まず山を切り開かなければならない。「人の力でせにゃならんだったけん、大事《おおごと》だった」といっていましたが、人夫さんたちがいらっしゃる。

その人夫さんたちがいうのに、鳥たちが、まず見える、と。すると魚がパチパチパチパチさざなみを立てて、磯辺に来よる。後からふとか魚が追ってきよる。それが渚にピチピチピチピチ上がってくる、魚たちが。土方衆は、もう築港工事どころじゃない（笑）。それで、工事用の竹のザル――「しょうけ」といいますけれども――それですくい上げたりバケツを持ってきたりなさるんですって。築港工事をするのに、土方の人たちは魚が打ち上がるのが楽しみで。

藤原　それはやっぱり、海が豊かな時代の話ですよ。

石牟礼　豊かだったそうです。

藤原　岸までそういう小魚が打ち上がってくるというのは、海がそうとう豊饒ですよ。

石牟礼　豊饒な海だったんですって。

藤原　二十年前まで、それはありました。僕の経験では。

石牟礼　母の話は、もっと昔です。

藤原　僕の経験では、僕は千葉の房総の、内房に住んで二十五年になるんですけれども、二十年前までは、いまおっしゃったような光景があった。大きな魚に追われた小イワシの群れがあわてふためいて防波堤にバンバンぶつかるんです。ぶつかると鱗がわーっと散って、きらきらと花火のように散る。

石牟礼　渚がきらきらして。飛び上がって、魚たちが。

藤原　そうそう。そういう光景は昔はあったんですよ。いまはそれはないですね。

石牟礼　いまは水俣でも、もちろんありません。

藤原　鳥山はいまもありますが、魚の群れが岸壁にぶち当たったり港に打ち上げられたりする光景はもうありません。あれほどわくわくする光景はないです。それを見ている自分も、この自然の中に生きてるんだって実感します。

石牟礼　みんなわくわくして、「それで、仕事にならんだった」といっていましたね

（笑）。

私は、「鳥山」と書いていらっしゃったので、鳥山というのは何か地名だろうと思って、島の名前かなと思った。そういういい方があるんですね。でも、適切ないい方ですね。おもしろいいい方ですね。

藤原　そうですね。だいたい、海のど真ん中にできるのが鳥山なんですね。でも三陸に行って歩いているとき、陸のど真ん中に鳥山ができているのを見て、びっくりしたんです。

鳥山は、今度の震災地にはあちこちにできているんです。実際に、写真を撮った人の端っこにも写っている。でも、みなそれが何かわからない。僕は知っているから、遠くに見えたとき、これはおかしいと思って走っていったんですね。そうしたら、こういう情景があった。

石牟礼　一種類の鳥ですか？

藤原　カモメとかウミネコです。カモメやウミネコが陸で鳥山をつくるというのは、こんな奇異な光景はないですね。

石牟礼　何にたかっていたんですか。

藤原　たかっているというよりも、カモメのような鳥は鼻がきくんです。なぜかというと、カモメはスカベンジャー（残飯整理）といって、きれいな姿をしているけれども汚いものを食べるんですよ。残飯とか腐りかけの魚だとか。だから、港につくわけですね。漁師が捨てるでしょう、いろいろなものを。それを食って生きているのがカモメなんですよね。漁師が捨てる残飯に、ほぼ寄生している。そこが全部やられてしまったから、漁師も何も捨てなくなっちゃったし、もう腹を空かしちゃって。ただ、鼻はききますよね。だから、陸から流れてきている死臭を頼りに飛んでいったんですね。鳥山ができているところの真下に行くと、死臭がすごかったです。死体というものは一か所に集まりますから。ただ、埋もれているから、姿がない。瓦礫の中に埋まっているから。

ぼくは、カモメのああいう声を聞いたのは初めてだった。ギャッ、ギャッと、すごい声でみんな鳴いているんですよ。カモメの声というのは、ほんとうはすごくやさしいんですね。ピューピューという小さな声で。これが、みんなギャッ、ギャッっていっているんですよ。焦っているんですね。臭いはすれど姿が見えないから。腹は空いているし。

石牟礼　瓦礫の下にあるわけですか。

藤原　ええ。

石牟礼　死臭がしているとお書きですから、下に人がいるんだろうなと思って拝見しましたが。

藤原　カモメは、どちらかというと臆病な鳥ですからね。浜辺にいても、ちょっと動くとバーッと逃げるんですよ。だけれども、このときは全然逃げなかった。真下に行っても逃げないんです。みんな腹を空かしているから。ただ、それだけじゃなくて、何か妙に興奮しているんですよね。腹を空かしているだけじゃなくて、何か妙な興奮状態がありました。人間同様、このものすごい天変地異に対する興奮状態がまだつづいている。そんな感じがありました。

敏感な植物

藤原　つい二、三日前も被災地にいました。最初の被災地は津波の被災地だけれども、今回は原発の被災に対応せざるを得ない。強制避難区域にも入ったんですが、ガイガーカウンターでいちばん線量の高いところは、空間線量が7マイクロシーベルトアワー、地面線量が20マイクロシーベルトアワーでした。

石牟礼　放射能を写真に撮るって、むずかしいですね。

藤原　僕は、写るんじゃないかと思っています。それをいま撮っているんですけれど。

動物の中で人間という動物がいちばん鈍感ですよね。野生から遠のいているから。放射能というのは痛くもかゆくもないから、みんなマスクもしないし、とくに九州まで来ると、みんなもう平気な顔をしていますね。でも測ってみると、東京とあまり変わらないですよ。0・01か02ぐらいしか変わらないです。だから、空間にはもう行き渡っているんですよね。

石牟礼　行き渡っているはずですね。

藤原　僕は「見る」というのが仕事でしょう。しばらく東京にいて、五月の一か月間ぐらい房総の家に帰らなかったんですね。房総の家は周りが山ばかりなんですけれども、一か月後、夜中に帰りまして、寝て、朝、雨戸をぱっと開けたんですよ。緑がむちゃくちゃきれいだったんです。これ、新緑が終わっているのになんだ、と。五月の末で、すごい色だったですね。しかも、木が妙に伸びっぱなしというか。僕は二十五年房総に住んで、あの季節で、あんな緑というのは初めて見た。

そのときは「えっ、なんだ?」みたいに思うだけで、それと放射能をすぐ結びつけようとは思わなかった。そのうちに、神奈川県の足柄茶や静岡の新茶から基準値を超えるセシウムが検出された。植物というのは生体反応が早いんですね。植物を育てる三大栄養素の中に窒素・リン酸・カリというのがありますが、根や葉っぱの生育を促すカリウムは自然放射線を出す物質で、セシウムと化学構造も似ているので、植物はせっせせっせと、カリウムとまちがえてセシウムを取り込むわけです。そこで妙に葉っぱがでかくなったり、逆に細胞が傷ついて花が変にねじれたりする。地中にいませシウムが入り込んでいるのは、すでにわかっているでしょう。植物にいちばん最初に兆候が出る。まず房総の山の鮮やかさに驚いたところから僕の植物観察ははじまっています。

それで福島へ行く。福島の場合は当然空間線量が高いわけです。福島市内で高い日は2マイクロシーベルトアワーぐらい。2マイクロシーベルトというのは相当高い。県の発表が1・2から3マイクロシーベルトですから、ほんとうはある意味で危ない状況ですね。

福島県内をあちこち回りながら、農家に行ったりして、「最近、作物とか花の咲き方とか、ちょっと変わったことないですか」みたいな話を聞くわけですよ。まず千手観音で有名な福島市近郊の大蔵寺というお寺に行って、最初に出てきた話が、「いや、今年の桜は不思議だった。色がものすごく鮮やかで」というものでした。その話をした女性は石牟礼さんと同じぐらいの歳の方だったけれども、「生まれて初めてこんな鮮やかな桜を見た」というんですよね。このお寺には細く小さいのに樹齢六百年といわれる稚児桜というのがあるんですが、その桜のことです。

福島の原発から四十キロか五十キロ離れたところに、三春の桜という千年の巨木があります。桜の季節になると全国から人が集まってきて、バスが何十台も連なって交通渋滞が起きるというような場所なんですが、そこへ行ったら、ちらほらしか人はいなかったですね。そういうことは初めてでしょうけれども、原発問題があって。その桜を見て、ああ、すごいなと。こんな素晴らしい桜かと。そのときに初めて見ましたから、いつもこんなにきれいなのだと思って。それで、そこに長く住んでいる人に聞いたら、「いや、今年はこれまでになく素晴らしいですよ」といって喜んでいるんです。

それが、今年はたまたま桜がきれいだった、ということで終わっちゃうわけです。だけれども今回、先ほどのお寺に行って話を聞くと、春モミジでも同じようなことがあるという。春に赤くなるモミジがあるでしょう。その赤の鮮やかさが血の色のようにすごかったと。それから、そのお寺に行く道にフキがあったんですよ。そのフキの葉っぱがちょっと大きいんじゃないかなと、僕は思ったわけです。大きいのは直径六十センチくらいあって、自分の重みで葉の縁がしだれていた。この辺のフキは大きいのかなと思って、「このあたりのフキの葉っぱは大きいのですか」と聞いたら、「いや、今年はすごく大きいんですよ」っていう。そして、タケノコが全然できないと。ヘビをまったく見ないという話はいたるところで聞きました。あるいは山の斜面にツワブキの花に似た中国からの帰化植物でハンカイソウというのがあるんですが、この草の黄色い花びらが近づいて見るとほとんどまともなものがなく、ねじれたり巻いたりしている。ただこれらのものは、放射能との因果関係を証明することができないから、たちが悪い。

水俣病のときに猫が一つの信号を発したのと同じように、放射能の場合はやはり植物に最初の兆候が出るのだと思います。そういうのを無数に見てきましたから。行くたびにそういう話を聞いて回っているんですけれども、一人一個は何か変なことをいいます（笑）。あるおばあさんのところへ行ったら、ケシの花がたくさん咲いていた。けっこうでかいケシでした。これぐらいの。

石牟礼　ケシの花って、そんなに大きくなりますか？

藤原　これぐらいのはありますよ。それで「大きいケシですね」といったら、「いや、今年は花が小さくて」といわれて（笑）。それと、茎が細い、と。花が大きいわりに茎が細くて、風が吹くと弱々しくて倒れてしまうらしい。二本松という、わりと線量の高いところなんですけど、話を聞いている最中にそのおばあさんの左目の筋肉にチックが走りはじめたんです。すごく申しわけなく思いました。普通にほほえみながらお話しになっていたけれど、このあたりの方も放射能のことでみなストレスをため込んでいるんですね。そのおばあさんは福島県外にお孫さんがいて、しょっちゅう遊びに来ていたんですが、原発以降は来なくなったっていっていました。

排水

藤原　水俣では、猫以外に有機水銀の兆候というのはなかったですか。

石牟礼　魚がでんぐり返りはじめたんです、沿岸の魚が。そして、カモメをはじめ、水鳥たちが渚で死にはじめた。

うちは清水と潮水と混じり合う川口にありますので、その川口に新しくできた「大橋」の渡り初めがあって。橋の渡り初めのときは、みんな見物に来るんです。ちょうどそのころチッソが橋のほうに排水路を移しましたもので、その排水路から排水がドボドボ川口に混ざるんですよ。その辺を通りかかった魚が層をなしてでんぐり返って。大小さまざま。それが橋の上から見えるんです。橋の渡り初めのときは、一軒の家で三代のご夫婦が暮らす家の人が渡り初めに行く習わしですけれど、それを見物に来た人たちが、そちらを見ないででんぐり返っている魚を見て、「あれ、あれ、あ、あれ、何じゃこら」といって帰りました。

そのころは私もよく貝を取りにいっていましたけれども、海岸には異臭が漂っていて、貝たちが口を開けて死んでいました。そして新聞にぽつぽつ、魚が浮くと載りはじめて。

みんなぴんとくるんですね。チッソの裏門の排水口から、紫色をしたような、赤いような、ドベドべしたものを晩になると流して、座布団ぐらいのが流れてくる。晩にだけ流しよる、と。

藤原　夜釣りをする漁師がそれを見て……という語りが石牟礼さんのご本にありますが、あたかも一人語りの浄瑠璃を聞いているようでした。

石牟礼　海岸の、すぐ沿岸ですから、その排水口は。誰でも見ているんです。私も。それでぴんときているんですけれども、科学的な証拠というのは私たちには得られませんので。それで、チッソにまちがいない――「チッソ」とはいわない、「会社」といいますけれども――「会社は晩になれば何か流しよるばい」とみんなでいって。

藤原　検問もしていたんですか？　人から見られないように見張りがいて。

石牟礼　あんまりしていなかったみたいです。無防備でしたね、チッソは。だけれども、晩になると流すというのは、昼間ははばかられたんでしょう。何だったんだろうと思います。有機水銀だけじゃなくて、研究の過程でいろいろな重金属の名前が出てきましたから。

そして、その化学物質の名前が職工さんたちの勤める職場の名前で、カーバイド係とか、酢酸係とか、硝酸係とか、そういうチッソで使っているものの名前がそこで働く係の名前になっていてよっぽど市民は無知と思っていたんでしょう。

藤原　あっ、カーバイドさんが歩いてるって感じですか。その橋の渡り初めのときに魚がでんぐり返っているのを見て、見物に来た人たちはやっぱり会社のことがぱっとひらめいたんですか。

石牟礼　会社の排水口が、その橋のほうにありましたからね。その前は百間港というところに流していましたが、それが噂になったから排水口を変更したんでしょうね。だから、みんなわかっていたと思います。

それと、私のうちは川口で、家の前は田んぼでした。そして里山ですから、山のほうにはきれいな清水が湧いて、田んぼを潤しながら海へ流れていく。そういう小さな小川が幾筋もありました。田んぼの終わるところには潮止めの水門があって、大潮のときは水門を調節するんですね。田んぼに海水が入っていかないように。油断をすると、その水門から潮が田んぼに入って、田植えをしたばかりの田んぼが全部赤くなって枯れてしまうというような経験を村はしているので、うちの父はその水門を見張りに行っていました。農業小組合というのをつくっていて、小組合の組長をしていましたから。

藤原　そういう小川にも影響が出たんですか。

石牟礼　はい。いつもは来ない、川口にいる魚がいますよね、スズキとかボラとかチヌの子とか。そういう魚たちが田んぼの間の小川のほうへ上がってくるんですよ。それはいつもにないことでした。会社が何か流しよるという時期に、そういうことがあったんです。子どもたちが喜んで、つかまえるんですよ。ボラの子とかチヌの子とかは子どもの手につかまるような魚じゃないでしょう。それがピーンと背びれをたてて……。

藤原　チヌもですか？

石牟礼　チヌの子も。

藤原　チヌの子が小川で見つかって？

石牟礼　小川で。その年。

藤原　チヌと、あとボラと……。

石牟礼　タイは見なかったですね。ボラとかスズキ。わりと淡水の近くにいるでしょう。海の中は息苦しかったんでしょうね。

藤原　しかしチヌはびっくりですね。

石牟礼　それと、貝たちが口を開けて死ぬというのがショックでしたね。ほんとうに腐臭が漂っているんですよ、海面全体。それで、誰でも「会社ばい」と思いますよ。

そうそう、親類に会社ゆきが何人もいて、――チッソに勤める人のことを「会社ゆきさん」といっていました——私の弟もそうでしたけれども、「今度は排水口を大橋のほうに持っていくけん、もう貝取りには行くな」といわれたことがあります。工員たちは知っていたんですね。

藤原　百間港のほうに鹿児島の漁師が農閑期に船を持ってきて、そこにつないでおくと船底のカキがどんどん落ちていって、という話を書いていらっしゃいますね。

石牟礼　そうです。百間港の排水口のそばに船をつないでおくと、カキ殻とかフジツボとか、船の底にくっついているのが取れる。いつもは船底を焼いてカキ殻とか、くっついたのを取るんですよね。それをしなくていいという話がありましたね。

藤原　当時はこんな便利な漁港はないと思ってみんな持ってきていたんでしょうね。あれは大変なんですよ、船底のフジツボとかを取るのは。それが自然に落ちるというのは、ものすごく便利です。しかし貨物船など何千トン以上の大きな船はみな、最初から船底に水銀を混ぜたような塗料を塗るんですよね。そうするとカキやフジツボなどがつかないんです。いま大きな船がどんどん通っているでしょう。あれは毒を塗っていますから、船の底に。だから最初からつかないんですよ。

石牟礼　いまはそうするんですね。

藤原　ただ、微妙に溶け出すから海が汚染されて、とくに海岸べたのカキとかフジツボとか、そういうものが最近ものすごく減っていますよね。

石牟礼　はい、最近カキが減ったという話があります。

近代化

藤原　放射能というのは目にも見えなくて痛くもかゆくもないけれども、農薬なんかとちがってやつの唯一の弱点は、測れるということなんですね、数値が。
石牟礼　あれ、どうして測れるんでしょうね。
藤原　放射線が出ているから、それをセンサーが感知するんです。センサーに放射線が当たる。一個当たると一個とか、三つだとピピピッと。ガイガーカウンターでビリビリビリッと音がつづいているのがあるでしょう。あれは放射線がのべつ当たっている音なんですね。福島でも雨水の集まる場所なんかに線量計を持っていくと、お祭り騒ぎみたいに音が派手になります。
　結局、放射線が当たっているからカウントできるわけですね。そういう意味では、どこかかわいげがあるというか、頭隠して尻隠さずみたいなところがあって。
石牟礼　だけれども、あれは二万年ぐらい経たないと消えないっていいますけど。

藤原　そうですね。セシウム137は二十五年で半減しますが、プルトニウムは二万三千年ぐらい。

石牟礼　二万三千年？　そうしますと、いま寿命が来つつある各地の原発の所在地が追々どんどん壊れていくでしょうから、一か所だけでもいま大騒ぎになっているのに、これから壊れていく総量を考えると……。セメントでつくった人工島みたいなのを引っ張ってきて、それに一万トンぐらいの廃水を入れるとかいっていますね。そうすると、どんどん人工島みたいなものをつくって持ってきて日本列島を取り囲んで、何ともなさけない日本列島の見かけになるでしょう。風光明媚もへったくれも……桜はせっかくきれいに咲いても、そんなので囲まれた日本列島というのを想像してみれば、政府の人たちも、いやですよね、そんなのに囲まれて。でも、壊れるのは確実ですからね。

藤原　だいたい原発のあるところというのは、みんな風光明媚なところですよ。

石牟礼　そして地場産業がないところでしょう。

藤原　ええ。自然が壊れていないところに建てるわけですね。あんまり人が入り込まない。だから、もとの場所はものすごくきれいなんですよね。水俣も、石牟礼さんの小説などを読むと、すごくきれいなところだったでしょう、昔。

石牟礼　きれいなところでしたね。

藤原　何か宿命というか、ああいうものが起きる土地というのは、すごくきれいな場所が多いというか、業《ごう》みたいなものを何か感じるんですよね。
石牟礼　よそからいらした方は、いまでもとてもきれいだとおっしゃいます。でも、昔は全然いまとちがいますね。たとえば海岸の防波堤なども。
　うちは石垣づくりをする家でしたが、昔は突堤、海岸線をつくるときなど、なだらかに石垣をつくっていくんですね。そうすると、子どもたちが裸足でその上を行ったり来たり。横へも縦へも裸足になって歩くのがいちばん足の裏が気持ちがいい。小さな隙間に小さなカニたちが出入りしたりして、遊べるところだったんです。いまはセメントで直角に港の土手が地面から海の中に入っていますので、波の音も、ドターン、ドターンという音がするんですよね。あれがなだらかな石垣だと、波の音もじつにやさしく、複雑な、いろいろなさざなみというのがゆき来する。とくに不知火海は大きな波があんまりありませんので、波音からして海と陸が呼吸しあっているような音でございました。いまは音からしてちがいます。
藤原　石垣は渚のように斜めにつくっていたんですか。
石牟礼　斜めにつくっていましたね。降りた先は砂浜で、遠浅で。自然に波がやさしく、たいした波頭も立てずに吸収する。ほんとうに海と陸が呼吸しあっているみたいなつくり方でございました。

藤原　水門で閉鎖した諫早《いさはや》。あそこもきれいですね。島原のほうから電車に乗っていくとき諫早の遠景が見えたんですけど、ちょうど夕焼けのときで、ああ、こんな神話世界のようにきれいなところだったのか、と思いました。きれいなところというのは、宿命的に狙われてしまうんですね。

石牟礼　きれいなところには、あまり近代的な建物がございませんから。企業がない。上に黒幕みたいなのがいる企業がないところなので、産業を誘致するという名目で呼ぶんですね、町が発展するって。水俣もそうでしたけれども。

藤原　当然、当時の村長さんとか市長さん、町の有力者が集まって。

石牟礼　町の有力者が集まって、町が開けるぞと。

藤原　そういうことをするわけですね。仮に水俣の場合だと、こういういい方をするとすごく悪いんだけれども、被害の範囲というのが比較的狭いでしょう、狭いといっても、もちろんそうとう広いわけですけれども。たとえばそこの村長さんだとか、そういう人たちがいろいろ議論して決めて、被害はほかへも行くけれども、そこがいちばんひどくなるわけですよね。

原発の場合も同じ構造で、そこの県のお偉方とか市長さんたちとか、そういう力関係で誘致するかどうかが決まるんだけれども、この被害というのは、ある意味で日本国中に広がる。だから本来こういうものは、地元の人が決めるんじゃなく国民投票にすべきなんです。

石牟礼　町の有力者たちが集まって、自分たちのところは田舎だと思い込んでいますから、やっぱり近代化というのが大変魅力的に思えて、世の中が開けるのだと。わが家でもいっていましたね。「道というものは世の中を開く始まりぞ」といって、私にまで「道子」とつけた。名前を。

藤原　ああ、なるほど（笑）。

石牟礼　とても大事な事業で、道をつくれば馬車も来るし。まだ馬車の時代でしたから、馬車も通るようになったじゃないか、それで会社も来るようになったじゃないか、と。

藤原　まず道ですか。

石牟礼　道です。

光

石牟礼　鹿児島と宮崎と熊本の三県の境ぐらいに曽木の滝というのがあるんですけれ

ども、チッソはそこに電力会社をつくって、そこからまず電気を引いたんですね、水俣へ。有力者たちにもちろん相談したんでしょうけれども、それで有力者たちは大変光栄に思って。いまから百年前の有力者たちというのは、村民にとっては絶対ですからね、旦那衆ですから。旦那衆の土地をみんな借りたりしているわけですからね。家を建てるにしても、畑をつくるにしても、田んぼにしても。

その地主たちが集まって相談したことの中には、電気というものが来る、と。そうすると電信柱というものがいる。そこから針金で線を引っ張ってずっと通していって、また電信柱を立ててつないでいって。そうして電気というものが来れば、石油もいらんし、ナタネ油もいらんし、ランプのホヤを磨かんでもいい。ナタネ油に芯を通して灯心に火をつけるという、あんなのもしなくていい。いっぺんにバッと昼のごつなる、と。実際に、そういう話し合いをしたおじいさんたちに集まってもらって話してもらったんです、もう四十年ぐらい前ですけれど。

それを聞いた人たちが、「そんなのが来るなら、うちの山にも電信柱を通してほしい」「うちの田んぼにも通してください」と。「そっちのほうには行かれん」と会社の人たちがいうでしょう、「それなら電信柱の影なりと、うちの畑にも映るごつしてくだはりまっせ」と（笑）。なんていうか、いじらしいんですよ。世の中が開けるって、「昼のごつ、晩に、丸か玉がパッと光る」って。「影なりと通してください。うちの田んぼを出します」と。

そうやって電気を引いてきて、その電球が灯った晩のことは私もはっきり憶えています。

ランプのホヤを磨くというのは、大人の手がはいりませんから、子どもの手仕事だったんですよ。手は真っ黒に煤で汚れますけれどね。それを毎夕、ホヤ磨きといってやらなきゃならない。ランプの油が切れたときは蠟燭か、ナタネ油を皿に入れて、灯心をつくって油にどっぷりつけて、はじっこを出してマッチで火をつける。すると小さな火が灯るんですよ。それを持って晩は用事をしなければいけない。お裁縫なんか、とてもできない。それで「蛍の光、窓の雪」っていうでしょう？　蛍の光も窓の雪もいらんという話になって、たいそう話し合いが賑わって。みんな、いつ来るか、いつ来るかと思って、電気が。そうやって受け入れたんですよ。

そして、うちにも電気が来ましたけれども、そのときの驚きというのはなかったですよ。ほんとうにマッチで擦らんでもよかですよね（笑）。電気が最初に来た日は、何時ごろ電気が来ますと町内でふれ合って、時計を見ながらみんなで待っているんです、電気を。傘もない裸電球ですけれども。そのときの驚きとうれしさはなかったですよ。「それで世の中が開ける」という言葉が家では定着していました。その最初を開いてくれたのは会社だ、と。チッソ会社の創業者の野口遵という人の伝記がここにも一冊ありますけれども、どんなにみんなが期待していたか。

藤原　やっぱり電気ですか、はじまりは。電気にはじまり電気に終わる。

石牟礼　はい。それで曽木の滝というところが、滝のそばですから、強い電力があったんでしょうね。それがチッソのはじまり。

藤原　そういう電気を起こす場所があるから、水俣に来たということですかね。

石牟礼　そうそう。工場がはじまったら汚悪水が出るから、ここならば流してよかろうって。流すのに、水俣は何か都合がよかったんでしょうね。そして、魚が多少死ぬかもしれんので、そのときは漁業組合にお金をちょっとあげれば黙るだろうと。条文をつくってハンコをつかせているんです、汚悪水の。

藤原　じゃ、会社はあらかじめ知っていたわけですね。

石牟礼　知っていたわけですね。

藤原　朝鮮でもそういう事業をしていたわけでしょう?

石牟礼　はい。

藤原　だから、そのときの経験がすでにあるわけですね。

石牟礼　朝鮮のことを調べたいですけれども、朝鮮時代の人たちは、もうたいがい死に絶えました。

藤原　植民地の関係だと、すごい権力が強いから、そんな被害が出てもほとんど握り潰されちゃうと思う。

石牟礼　水俣にとっては会社は恩人と思っていたのです。それはいまでも根強いですよ。

藤原　いまでもですか。

石牟礼　はい。全部じゃありませんけれど。

藤原　いまでも恩人という意識があるというのは、どういうことですか。

石牟礼　水俣は、もとは名もないような村だった。それが町になって、人口四万近くの市になったって。いま人口は減りつつあって、三万ぐらいですけれども。

藤原　まだその恩恵をこうむっているという意識を持っている人は、家族とか親族に水俣病にかかった人は当然いないわけですよね。

石牟礼　いや、ぼつぼつ出はじめているんじゃないでしょうか。

藤原　そうですか。そうすると、また意識も変わってきますよね。

石牟礼　少しずつ変わってきているみたいですけれども、まだまだ……。

藤原　まだ恩恵をこうむったという人はいらっしゃるわけですね。

石牟礼　いらっしゃいますよ。私の本なんか本屋さんが表に出してくれない。裏に隠している。

藤原　まだそうですか。いまでも？

石牟礼　いまでもそうだと思います。『苦海浄土』なんか売れないそうです。ほかの本は、ちょろりと出して、買った人もいるという話ですけれども。遠慮しながら、本屋さんも。

藤原　それは、自分たちのそういう苦しい過去を見たくないとか、そういうことじゃなくて？

石牟礼　私の書くものにはチッソの悪口が書いてあるにちがいないと。

藤原　やっぱりまだチッソに対してのシンパシーというか、思い入れを持っている人はたくさんいるんですか。

石牟礼　たくさんいらっしゃいます。

藤原　これだけ結果が出ていても、やっぱりそうですか。

石牟礼　はい。

藤原　人間というのは愚かですね……。

石牟礼　でも、何というか、最初の、世の中が開けるはじめの事業に自分たちも参加するという、そんなふうに思い込まれた。それを「チッソに義理を立てる」とおっしゃいますね。義理を立てるというのは、恩恵をこうむったことに対して義理を立てると思いたいですけれども、まったく一方的な心情ですね。「もう義理も切れた」という人もいます。「義理」って、何か関係が生じて、具体的なことが起きたときの絆をいいますよね。「信用貸し」という言葉があったりしますでしょう。人間は信用がいちばん。最初信用してしまったんですよ、チッソを。おそらく、私のおじいちゃん、おばあちゃんの時代ですね、そう思い込んだのは。

藤原　農耕民族や漁民もそうですけれど、第一次産業で飯を食っている民族というのは、ほかからやってきたものを神様だと思うということを、ある人類学者が書いてます。

石牟礼　解釈ができないときは神様にする。

藤原　ニューギニアのほうの話ですが、でかい西洋の帆掛け船が来た。それを神様だと思って拝むんですね。ほかからきた得体の知れないものを。ある意味で漁民だとか農耕民族というのは、自分たちが何かつくっているんじゃなくて、与えられているわけです、自然から。魚も、やってきたものを取る。田植えにしても、田植えして、あとはお天道様とか水が育ててくれる。常に大きなものから与えられているわけですね。だから、何か得体の知れない大きいものが来たら、それを信じ込んでしまうような心情が働くのではないでしょうか。

石牟礼　そうですね。

藤原　チッソというのは、とくに光に乗って御来光のようにポンと来たわけだから、最初にこれが来たというのは、まさに神様ですね。

石牟礼　神様ですよ。ワーッと町中の声が聞こえたような、声が光になったような一瞬でしたね。私、忘れませんもの。

藤原　その一瞬を、みんなで固唾《かたず》をのんで待っていたんですか。

石牟礼　はい。待っていたんです。裸電球の下に座って（笑）。十燭ぐらいだったでしょうかね。小さな。

藤原　十燭というと十ワット？

石牟礼　どのくらいでしょうかね。

藤原　昔、三十ワットというと、けっこう明るかったですよね。

石牟礼　裸電球のいちばん小さいのと思えばいい。懐中電灯よりは大きい。

藤原　灯ったときは、どういう感じがしました？　光をパッと見たとき。

石牟礼　もう、びっくりです。世の中が変わったような感じでした。

藤原　そこから第三の光という神がかった御託宣をひっさげて原発まで行くわけだ（笑）。それが原点ですね。

石牟礼　原点です。「電信柱の線なりと、うちの畑には、影なりと通ってくれ」という話を聞いたのは、もっと大人になってからですけれども。そうやって来たのかと思いました、あのときの光は。

会社

藤原　ということは水俣の人がそうやって拝受した電気というのは結局、チッソが使う電気のおすそ分けというわけですね。

石牟礼　おすそ分けです。「チッソ」とはいわない。水俣に行けば「会社」という。「チッソ」とはいっていませんでしたね。いまでも「チッソ」とはいっていませんでしたね。

天草の沖で祖父たちが魚釣りの人たち同士で交わす会話は、天草から来た人たちが「こんごろはどげんしたふうな、水俣ん景気は」というそうです。「水俣ん景気」というのは、会社の景気はどうか、という意味で。それで、「こんごろ煙突の何本になったばい」と答えるんだと、祖父がいっていましたね。

藤原　「煙突の何本になったばい」というのは、自慢みたいなことですか。

石牟礼　そうですよ。家には会社ゆきは誰もいないのに、会社の自慢。

藤原　煙突が自慢ですか。

石牟礼　はい。

藤原　それは「炭坑節」ですね。月が出た出た……という。

石牟礼　「炭坑節」ですね。

藤原　のどかな時代というか。
石牟礼　いまの煙突の話で思い出しましたけれども、「水俣工場歌」というのがあって、それを歌いながら子どもたちが棒切れをかついで行進していましたね。
藤原　そういう歌があるんですか。
石牟礼　矢城《やじろ》山という山があるんです。歌詞は、工場が募集して有名な作曲家が作曲しているんですよね。
　♪矢城の山にさす光
　　不知火海にうつろえば
藤原　歌がお上手ですね。
石牟礼　♪工場の甍《いらか》いやはえて
藤原　それが会社の社歌みたいなものですか。
石牟礼　学校の生徒たちが校歌を歌うでしょう。校歌を歌うようにして水俣工場の歌を歌って行進するんです。遊びのときに。
　♪工場の甍いやはえて
　　煙はこもる町の空（笑）
　高らかに歌って。そういう歌で育っていますからね。愛情があるんですよ、水俣工場に。勝手な思い入れで。自己満足ですけれども、ちょっといじらしいですよ。

藤原　そうですね。北朝鮮みたいですね（笑）。その時代にそういう歌を歌っていた子というのは、ある種のトラウマみたいになっているでしょう。水俣は会社が希望でしたからね。電気も灯ってくるし。

石牟礼　そうですね。

藤原　なかなかそのトラウマは消えないでしょうね。

石牟礼　消えないですよ。ほんとうにうれしそうに町の通りを五、六人の男の子たちが、私もいちばん後ろからついて。足を高々と上げて。その足が、まだ着物の裾ですからね、まだ洋服じゃない、男の子は膝までぐらいの短い着物を着ていましたから、その足をポンポン上げて、枯れ枝をかついで。一人ひとり。鉄砲のつもりでしょうかね。旗のつもりだったかもしれません。行進するんです、町を。

藤原　それを大人が見て……。

石牟礼　ほほえましく見ている。

♪工場の甍いやはえて
　煙はこもる町の空

藤原　「炭坑節」より上を行っていますね（笑）。ひょっとしたら原発関係も、そういう歌があるんだと思いますよ。標語なんかできていますからね、町の。子どもに応募させて。福島第一原発の隣の双葉町では、町に入るときは「原子力明るい未来のエネルギー」という巨大な横断看板の下を通り、出ていくときには「原子力正しい理解で豊かな暮らし」の標語の下を通る。三月十二日には町の人々はその看板の下を通ってみな逃げていきました。原発さんと親しみを込めて呼ばれる原発労働者もいっしょに。原発に依存していた町のほんとうのあわれさというか。水俣そっくりです。

思うにその基礎には、第二次世界大戦を境に農地改革が行なわれ、第一次産業つまり農業や漁業という職業が田舎もんに見えてきたことがあると思います。工場が林立し煙突から煙が出るような世界がみなバラ色に見えたんですね。

石牟礼　工場誘致というのは、近代化に置いていかれたと思っている村民たちの熱望ですからね。「田舎もん」といわれたくない。

藤原　その流れは原発にもありますね。

石牟礼　そうだろうと思います。「原発もあるんだぞ、うちの村には」と思っていたんじゃないですかね。「どこにもないいんだぞ」って。

二日目

（2011年6月14日）

女水男水

藤原　石牟礼さんは幼少の頃の水俣の話を書かれておられるので水俣でお生まれになったとばかり思っていたんですが。

石牟礼　天草で生まれました。でも、天草では育ちませんで。

藤原　天草から水俣に？

石牟礼　はい。ものごころがついたのは水俣です。

藤原　天草には何歳ぐらいまで？

石牟礼　三か月か半年ぐらいでしょうか。

藤原　そんなものですか。じゃ、天草はほとんど憶えておられないでしょうね。

石牟礼　ものごころついたころは、もういなかったので。でも、しょっちゅう親類の人たちが天草から来ていましたから。

藤原　昔のチッソがないころの水俣の風景というのは、ご著書の『椿の海の記』のような、ああいう世界ですよね。

石牟礼　そうでございますね。

藤原　あの本は、昔読んだとき、言葉が全部風景になったような、言葉一つひとつで風景がわーっと見えるという感じがしたんですね。僕とかなり歳はちがうけれども、共通した自然観みたいなものがあって。

石牟礼　はい、私も藤原さんのご著書を読ませていただいて、そういう感じがいたしました。

藤原　ただ、あの中にあるいろいろな不思議な単語、たとえば「男水《おとこみず》」だとか「女《おなご》水《みず》」だとか、土地独特の言葉というか、ああいう言葉で自然を語るというのは、僕の中には、ないんですね。こちらの独特の言葉というのがあるんですか。

石牟礼　独特の言葉ばっかりという感じがします。水を飲んでみて、「これは男水じゃ」「これはおなご水じゃ」って。海辺に湧き出ている泉の水を、磯遊びに行ったりして飲むんです。

それから、磯辺には寄木《よりき》といって、寄ってくる木がある。川口というのは潮が行ったり来たりしますから。大水のときなどに上流から家が流されてきたり、牛が流されてきたこともある。鳴きよったという人もいるし、鳴き声は聞こえんじゃったという人もいる。

藤原　牛がですか？

石牟礼　そうです。牛が、流されながら鳴きよったと。

大雨が降ったりすると、上流から山の枯れ木なんかが川に滑り落ちて、それが川口まで流れてくるのを、川口の人たちは待っているんですね。拾おうと思って。薪《たきぎ》にするんです。海岸の川口では、一軒一軒が、寄木を潮に持っていかれないように渚にひと山ずつ置いて、そしてどこの家のものとわかるように棒を立てて布きれをぶら下げておく。ある程度山になったら、そこで乾かして持って帰って、それを風呂の薪にするとか、ご飯を炊く薪にするとか。

すぐ後ろに山はあるんですけれども、官山でしたから。国有林で、公には取ってはいけないことになっている。だけど、官山の番人さんがいらして、その人が回ってくる日は大体わかるんですよ。それで、回ってこない日にみんな薪を取りに行くんです。下枝が枯れている木は、一本の木でも葉っぱがついていないんですよ。ついていても茶色になっていますから、そんな木は取っていいとお互いにいって。

その官山の番人さんがときどき、何十年に一回代わられますけれど、今度の誰々やんは――「さん」のことを「やん」といったりするんですね。「さんたさん」と呼ばないで「さんたやん」とか、「ぶんごやん」とかいって――「油断せんごつせんと、文句いわるっぞ」って。それで、「枯れ枝ならば、取っても山のためにもなる」と。下払いしなくちゃいかんから。

そんなふうに山と海と川はいつも一体になっていて、あっちこっち、そこらにあるのを全部、海辺に寄ってきた寄木を全部集めて持っていくわけですので、薪を持って帰るときに喉が渇くんですよ。そういうところの海岸に水が湧いていると、そこで飲んでみて、「こら、おなご水のほうがよかな」といって。

藤原　いまは房総の山に行くと薪になるような枯れ木とか倒木はもううんざりするくらいたくさんあります。誰もそういうものは見向きもしなくなった時代なんですね。単純にいうとその薪の代わりを原発がやっているということでしょう。水もあちこちに湧いていますが、房総では女水とか男水という言葉に類するものは聞きません。飲んでわかるんですか。

石牟礼　飲んでわかります。硬いです、男水といわれるのは。あれは、なんでそうなるんでしょうかね。

藤原　たぶんそれはいわゆる硬水軟水といわれるものでしょうね。マグネシウムやカルシウムの多いものは硬い。そういう異物が喉にさわるのかもしれません。しかしそれを男と女に分けるところがおもしろい。男水と女水は場所がちがうわけですか。

石牟礼　場所がちがいます。土地の人はどこの水が女水か知っているんです。地形とかでわかる。ツワブキの葉っぱを取って丸くして、漏斗のようにして掬って飲んで。女水の泉のそばには、大体ツワブキの葉っぱが散らかっていました（笑）。

藤原　じゃ、女水のほうがおいしいんですね。

石牟礼　おいしい。私にもわかりました。舌触りもそうですし、飲み込むときに何ともいえずさわやかで軟らかいんです。ですから、「磯ゆき」といっていましたけれど、磯ゆきするときは水筒を持っていかなくていいって。その場所は、みんな知っているので。

藤原　薪を一生懸命集めて旗まで立てるというのは、当時はそんなに豊かじゃなかったのですか。

石牟礼　逆にいえば豊かでございます。あまり労力を要しないで、官山の番人さんのことも全然意に介さないで、拾い集めていますから。「きょうのこの雨じゃ、寄木のだいぶん寄るばい」といって。いっぺん海に行ったのを、また波が持ってきてくれますから、陸のほうに。

藤原　自然のものをいただいて、それが燃料になったりとか、そういう意味では、いまの世界とちがった豊かさがあるわけですよね。

石牟礼　はい。

藤原　いまの基準からすると相当……。

石牟礼　労力がいるですよ。

藤原　単純にいえば豊かだけど生活は苦しい時代ですよね。

石牟礼　そうです。その時代であっても最底辺だったと思いますね、わが家のあった地域は。

石山

藤原　お父さんは石垣などをつくっておられたんですよね。

石牟礼　石工でございます。

藤原　石工というのは、どういう仕事をなさるんですか。

石牟礼　山に原石がありますよね。「石山」といいましたけれども。「あそこはよか石山」などといいました。石がたくさんある山ほど宝に見えましてね。わが家が最後に手放した山には、石がとてもたくさんありました。水俣川というのが二筋になっていて、川口近くで一つに合わさっているところでした。

藤原　石山をお持ちだったんですか？

石牟礼　ほうぼうに持っていたみたいです。今度はあそこの山を売ってしまった、今度はここの山を売ってしまったという話題が、しょっちゅう子どもの耳に聞こえていましたから。

祖父は事業道楽といわれていました。いまでいえば道路公団みたいなものでしょうか、請負師ともいわれていて、請負師たちが、うちにはよく集まって酒盛りをしていました。

「根石」といっていましたが、道路をつくるのに両側にまず石を置いて略図をつくっていくんです。道路用の根石、祖父はいつも、これがいちばん大事、といっていましたね。「これを大事にしとかんと。道路をつくり上げたときは人の目には見えん。だけど、大水が出たときなどに道が崩れると。そうすると、この道路は誰がつくったかということになる」そして、「『人は一代、名は末代』というたもんぞ。少々の雨で崩れるような道をつくって残したら、のちの世に名が汚れる」といって、いかに根石が大事かということが毎晩のように話し合われていました。根石はふつうの石垣用のとは形がちがうんです。

藤原　ふつうのは、裏側を見ると三角形に細くなっていますね。

石牟礼　はい、細くなっています。

藤原　根石はちがうわけですか。

石牟礼　根石は、いくらかそれを大きく。根のほうに。「くり石」といって砂利を入れたりします。一つ一つの石の間に小さな玉石なんかをずっと入れていって、それからだんだん小さくなって、上は泥になるんですけれども、泥は原石のあった山から持ってくる。そのままにしておけば危ないので。

石山の岩は、大きなものは下ろすのが大変でした。大きなままでは危なくて下ろせないので、現場で石碑用とか石垣用とか、原石のあったところで目的に沿って切り出さなきゃならない。それで、山の上へ行って粗々《あらあら》切り取ってくる。下に運ぶのは、人間の力ではできないので牛に引かせます。それも、ざーっと道をつくったらとても危ない。石が転がり落ちていくとどこへ飛んでいくかわからない。緩やかな細い道をつくって、そりをつくって、そのそりを牛に引かせるんですよ。「出し五郎さん」といいますけれども、「五郎さん」というのは固有名詞じゃなくて愛称です。その出し五郎さんが木ぞりをつくって、牛が引いてくるんです。木のそりに石を二つぐらいですね、せいぜい。石を切り出すのには長く時間がかかりますから、出し五郎さんが来て待っている。そして二個ずつぐらいをそろそろと。

藤原　つづら折りになっているんですね。

石牟礼　はい。そうやってていねいに運んできて、それを石屋に持ってきて、積んで。下ろすときも大変です。そのときチェーンという言葉を覚えましたが、鉄の鎖があって、牛の木のそりから、石屋の店先というか石小屋に積んでおいて、そうやって持ってきたのを、また家で石工さんたちがカッチンカッチンと形を整えて。ていねいなもんです。そうやって両側に一個一個を並べて道をつくり上げるんですね。

そして、でき上がった道のぐるりには、いちばん最初に女郎屋さんができたって

（笑）。いちばん最初に来たのは、やっぱり天草からの女郎屋さん。私ははっきりその女将さんを憶えてる。天草から来た人といえば懐かしいんですけれども、その人は女郎さんをいじめて怒っている声をたびたび聞きましたから、あまりいい印象を持っていない。

藤原　へえーっ、天草からやってくるんですか。それは天草と水俣では経済格差があったということなのか、あるいはそのような仕事は地元ではやれないから対岸に行ったのでしょうかね。その女郎は誰が買うんですか。石工さんとか。

石牟礼　石工さん。うちの先隣にできましたから。

藤原　そのころはもう、チッソはあったんですか。

石牟礼　ありました。明治の末に来たんです。ハイカラな、まともな、ちゃんと月給というものがある仕事というのは、「会社ゆき」になること。私が小さいとき、どのくらいいたんでしょうか。二千人ぐらいいたのかもしれません。水俣病が発生したときは四千人近くいましたから。チッソの工員、その下請け、孫請けで成り立っている町ですから。

祖父はチッソの積出港をつくりに天草から出てきました。梅戸港というのが、いまでもあります。それまでは祖父は天草の島々をめぐる道路をつくっていたんですね、人夫さんたちを五十人ばかり雇って。

私が生まれた村は宮野河内村《みやのかわち》といって、最近ここにも水俣病患者が出たんです。びっくりしていますけれど。水俣の対岸、天草のほうです。

藤原　きょうの新聞にも載っていましたよね。天草で同じ症状の人が出たと。

石牟礼　まだ見ていませんけれども、天草から患者が出てきたと載っていましたか。

藤原　道路もチッソの工場のためにつくるというわけではないんですか。

石牟礼　道路はたぶん市がつくったんだろうと思いますけれど、わが家も請負事業に参加して道路をつくった、あっちこっちで。「組」といっていましたね。うちは吉田組です。一本の道を全部請け負うのではなくて、部分部分を受け持って。その当時はまだ村ですから、会社もできたことだし町にせんといかんと、たぶん思ったのでしょう。チッソの製品の積出港を整備しなければいけないというので、港をつくりに来たのです。そして石垣をつくって、きのうお話ししたように、その工事のときに沖からイワシが打ち上がってきて、あまり仕事にならなかったって。もう、それはみなさんはしゃいで。人夫さんたちは「しょうけ」という竹籠を持ってきたり、バケツを持ってきてイワシ取りに熱中して、仕事にならなかったそうです。

藤原　いまの時代では、道路工事屋さんがそばの浜でイワシが打ち上がったといって、仕事をほっぽり出してバケツ持って浜に走っていったりすると大変なことになりますよ。昔は、そういうこともしょうがないと許していた、ゆるやかな時代だったんですね。

金肥

藤原　チッソが水俣に来たのは、明治のいつぐらいですか。

石牟礼　ほんとうに末期です。

藤原　それで水俣の、たとえば猫が狂いはじめたというのがいつごろですか。

石牟礼　それは昭和三十年前後ですね。そのころから何かちがう製品をつくりはじめたようでした。

藤原　なるほど、つくるものの種類が変わったんですか。

石牟礼　はい。それまでは日本窒素肥料会社といっていましたからね。硫安とか、アンモニア、窒素とか。いま、原発で窒素を入れるとか何とかといっていますね。

藤原　そうですね。

石牟礼　あれ、肥料なんですね。「根肥《ねごえ》」といっていました。

藤原　植物肥料の三大栄養素の、窒素・リン酸・カリの中の窒素ですね。

石牟礼　はい。大根などの根に効くって。

藤原　大量生産に向けて、人糞とか有機肥料が化学肥料に変わるその節目を、チッソは担っていたわけですね。

石牟礼　はい。アンモニアというのは白いんです。窒素というのは仁丹の粒みたいな粒々でした。段々畑が多いですから、私もやっていましたけれども、肥桶を担って畑を上がるのは大変つらいんですよ。こんな斜面に、こう立っていかなきゃならない。だから、天秤棒の前のほうに力を入れて、後ろへ滑りこけないように担っていくのは大変なんですよ。金肥《きんぴ》——金で買う肥料——を使えば腰の痛うなかぞ、と。

藤原　化学肥料が金肥ですか。

石牟礼　はい。百姓たちはそういっていました。腰を曲げずに立ったまんまでパラッと撒けばいい、「えらいよかもんのできた」といって、しばらくわが家でも金肥を使っていましたね。ところが、経験で、畑の土が硬くなるといい出して。

人糞尿のことを「うけ肥《ごえ》」といっていましたが、畑の片隅に肥だめのカメをいけて、そこに人糞をためておくんですね。生肥《なまごえ》、生々しいのはいかん、二か月ぐらいおかんといかんといって、蓋をして醱酵させるんです。醱酵させたうけ肥がよか、と。

一つの畝《うね》があると、真ん中辺に何かの種を蒔くでしょう。そこからなるべく離して、うけ肥をやるんです。直接かけない。根に行くように。葉っぱにかからないように。

それを注意しないと枯れてしまう。

そうやって育てた野菜のほうが、金肥を使うよりやわらかくておいしいということがわかったので、金肥をあとでは使わなくなりました。使っていると、そういうことは自然とわかるんですね。

藤原　じゃ、化学肥料はそのころからあまりよくないということはわかっていたわけですね。

石牟礼　よくないことはわかっていましたけれど、やっぱり腰の痛い人には金肥のほうが……。金肥で育った野菜は市場ゆきのためのものになった。おいしゅうない（笑）。見かけはいいんです。

藤原　じゃ、いまと同じだ。とうの昔にばれてたんですね（笑）。

石牟礼　いまと同じです。アンモニアは葉肥《はごえ》といっていましたね。葉っぱに効くこやし。「肥《こえ》」というのは、こやしのことです。

藤原　カリウムも根を育てるといいますよね。このカリウム40というのが不思議なことに放射線を発している。しかもセシウムと化学構造が似ているから、植物はセシウムをカリウムとまちがえてせっせせっせと取り込むわけです。それでもほんのわずかだとホルミシス効果といって植物が活性化するらしい。しかし過剰に摂取すると細胞の遺伝子を傷つけて奇形とか変態が現れるんですね。思うにそのころから人間は放射線を発する肥料を使いはじめたわけだ。

カーバイド係

藤原　しかし窒素と水銀の関係はあるんですか？　窒素をつくりはじめてから海が汚れてきたということですか。

石牟礼　何でしょうかね。窒素じゃないみたいですよ。野口遵という社長が、何か新しい製品を発明して。東大出の、化学者としては優秀な人でしょうね。

藤原　水俣の人は何をつくるというのは知らされていなかったんですか？

石牟礼　きのうも申しましたが、会社ゆきさんになると、硝酸係とか、酢酸係とか、カーバイド係とか、無水酢酸係とか、チッソでつくるものの名前があって、それが勤め先の職場の名前になっていました。しかし、それが何であるかということは私たちも知らない。特別説明もないし。私の弟もしばらく勤めておりましたけれど、カーバイド係になったときに、「カーバイド係ちいうとハイカラのごたる名前じゃが、地獄ぞ」といっていましたね。チッソのそばに私も通った第二小学校という小学校があって、夜そこを通ると、排水口を隔ててチッソの社屋があるんですけれども、あかあかと窓から火が燃えているところがあって、そこがカーバイド係だといっていました。それで、会社ゆきさんたちは下着を毎日きれいなのを替えていかんといかん、と。いつ爆発があって死ぬかわからんけん、下着だけは毎日きれいなのを揃えておくように、という心掛けをしていました。いつ爆発があるかわからん、と。

チッソから、朝の七時と十二時と夕方四時ごろにサイレンが鳴るんです。それを時計がわりにして市民生活が営まれている。しかし、決まった時間でないときにサイレンが鳴ることがあるんです。短く鳴る。事故があった印です。それで警察が駆けつけたり、消防隊が行ったりして、「事故があって、きょうは何人死んだげな」「何人怪我人が出たげな」って。会社ゆきの家の人たちは、サイレンが鳴ると、うちのもんじゃなかろうかと心配して。町中で心配するんですよね。

藤原　ほとんどそれ、原発作業員みたいなものですね。

石牟礼　そうですね。そう思います。原発は事故があったときはサイレンが鳴りますか。

藤原　余程の事故でない限りたぶん鳴らさないでしょうね。少々のことがあってもみな隠すというのが原発というものでしょう。第一原発が爆発した時、ステンレス製の棺桶が何体も運び出されたのを近くの食堂の店主は見ていますが報道はされていません。でも普通の放射能障害はカーバイドのように一瞬で死ぬわけではないから、放射能との因果関係で死んだかどうかもわからないということになってしまう。原発で労働者がジプシーみたいにあちこちの原発を転々として、線量をだんだんためながら死んでいく人というのもおられるわけですね。

もう一つちがうのは、原発作業員の場合は、各地からいろいろな人が集まってジプシーみたいに動いているんですけれども、チッソの場合は現地の人ですよね。過酷な労働についていた人たちというのは、やっぱり水俣の人が多いわけでしょう。

石牟礼　そうです。

藤原　そういうところで、そんな危険な労働をしているということに対して、会社に対する反発はなかったですか。

石牟礼　なかったですね。危ないところだ、しかし自分はだいじょうぶだろうと、みんな思うでしょう。

藤原　実際には相当数の人がお亡くなりになっているわけですよね。

石牟礼　そうですね。後には水俣病にも、会社の現場の人たちが相当なっていまして。隠しているんですね。

藤原　会社の人もなってる？

石牟礼　会社の人も、現場の人たちはなっている。隠していました。

藤原　それもいまの原発と同じですね。東電の人も線量をかぶっているし。歴史というものはまったく同じことを繰り返すものなんですね。

脱田舎

石牟礼　はい。それでも、きのう申しましたように、「会社が来たけん、水俣は村から町になって、市にもなったぞ」と。水俣市になったときは、日の丸の小旗をつくって提灯行列をして、子どもたちは旗を振って、提灯行列が水俣市民のお祝いでした。市というのは何かいいことだろうなと、幼な心に思っていました。

藤原　市になると何がうれしいんですか？

石牟礼　何でしょうね。うれしかったですよ。だって、大人たちが「市になってよかった」と。日本の近代というのは田舎をなくそうということだったでしょう。それで、「田舎者」という言葉がありますように、「いなかもん」といわれるほど屈辱はない。

藤原　明治維新もそういうことでしょう。先進技術の黒船がきて、自分たちが田舎者に見えた。文明開化ということですね。別の見方からすると、勝海舟も坂本龍馬もリンカーンと同じようなことをいった福沢諭吉も、ある意味で西洋かぶれだった。そういった開化と田舎者の構図がずっとつづいているということでしょう。それで水俣は田舎から脱皮できたわけですね。

石牟礼　はい。

藤原　その提灯行列があったときというのは、石牟礼さんは何歳ぐらいのときですか。

石牟礼　五年生か六年生ですね。

藤原　やっぱり晴れがましい気分で見ていた？

石牟礼　参加しているわけですからね、その行列に。学校の行事として。全市民揃ってお祝いしようということですから。それで、人口が増えていくのが自慢で。

球磨《くま》川のほとりから出てきた土方のおにいちゃんに私はかわいがられていまして、夏休みに連れていかれて、球磨川で泳いで。川というのは海とちがうんですね。体が重いんですよ。海は大変体が軽く浮くのに、川に行ったら重くて。そしてこの川は日本一だと誇っていた。土方のおにいちゃんの妹たちが自慢するんですよ。「球磨川は日本一ぞ」って。私も何か日本一ばいわにゃと思って（笑）、「水俣は人口が多うなった。水俣市ちゅうとになったよ」といって自慢するんですよ。だけど球磨川には負けたような……。

そうそう、第一、小学校の人数が多かったんですよ。千人ぐらいおりました。

藤原　なんで球磨川が日本一なんですか。

石牟礼　急流が（笑）。速い流れ。私は海で育っているから川泳ぎが下手なんですよ。あの重さは、いま考えても体が重い。溺れそう。泳ぎながらその子たちが自慢するんですよ（笑）、「日本一ぞ」って。そんな急流でも上手に泳げるわけですね。私は遅れるんですよ。それで日本一というのを探した。会社のことは思いつかんだったですね。いえばよかった（笑）。

共生

藤原　田舎には田舎のよさや美しさがあるということは誰でも知っています。急流とか人口が増えたとかそんなんじゃなく、もっと地に足がついたような自慢はなかったんですか。

石牟礼　畑というのはありましたね。畑でも、「あそこの畑は生き生きしとる」といって、畑も観賞にたえる畑じゃないといかん。畑も美しく。

藤原　それはまともです（笑）。

石牟礼 「あそこの畑は美しか。よう手入れしとんなさる」って。盆栽をほめるんじゃないんですけれども（笑）。それを全体に広げていけば、美景になりますよね。田舎の美しさみたいな。

藤原 すごくきれいな田んぼとか、畑でもとてもきれいなのがありますね。荒れたようなのもある。それは人の心や生活状態がそこに出ているということですね。

石牟礼 その家の家風というか、いま人手が足りなくなってしまったとか。畑が荒れていくのを、よその田んぼや畑でもみんな気にかけていて。ある種の共同体です。

藤原 昔はそういう、村社会で共生してお互いを美しく自然を保つというのがあったわけですね。

石牟礼 ありましたね。

藤原 人手が足りなくて荒れかけた畑とかは、たとえば誰かが行って手伝うとか、そういうことはしたんですか。

石牟礼 そういうゆとりはないんですね。ただ気にかけているんです、みんな。あそこの子はどこに行ったのか、何番目はどこにおるという話じゃが、いっこう帰ってこんな、畑は荒れたまんま……などと。私の家にミカン山が一時期あったんですが、母が病気で出なくなりましたら近所のおばさんが、「はるのさん、畑に行きますばってん、なんかことづてはなかですか」とおっしゃるんですよ。畑にことづてはないかって。そのおばさんは、うちの畑のそばを通ってご自分の畑へ行くのに、挨拶がわりに「何かことづてはなかですか」って。

藤原　畑にことづて。

石牟礼　はい。そうすると母は、「ことづてはたくさんありますばってん、草によろしゅういうてくだはりまっせ」（笑）。

藤原　へえ、おもしろいですね、それ。草というのは雑草ですか、それとも、なっている野菜とか果物……。

石牟礼　雑草（笑）。

藤原　たとえば、雑草をちょっと抜いておいてとか、そういうことづてではない。

石牟礼　そうじゃないですね。いってくださる方も貧しい百姓さんですからね。

藤原　挨拶がわりみたいなものですか。

石牟礼　挨拶です。気にかけておりますよ、という間接的な表現。切ないんですよね、草によろしゅういうてくれという気持ちも。

　私はよく畑についていっておりましたけれど、母は草にものをいいかけるんです。「まあ、お前どもは二、三日来《こ》んうちに、えらい太うなったね」といってましたね（笑）。そして、私もそのようにいわなければならないものと思っていました。草たちにも挨拶する。

小豆とか小麦とかを蒔くときに畝をつくっていくでしょう。母の畑は美しいといわれていました、村の人たちから。だけど、母のように耕して畝を整えていくには、大変腰が痛いです。きれいに耕した畝の中に種を蒔いていき、そこから芽が出て、たとえば麦だと、麦踏みというのをするんです。麦の芽がずっと青く伸びてくる。青い筋ができて、それを踏んでいくんですよね、強うなってもらうために。冬なんか、綿入れを着ている母の後ろから、私も小さな綿入れを着てついていきましたけれど。

藤原　谷内六郎の世界だ（笑）。

石牟礼　母は団子や餅が好きでした、とても。自分でつくるんですけれども、麦を踏みながら足取りに合わせて、「団子になってもらうとぞ。ネズミ女《じょ》に引かすんな、カラス女《じょ》に持っていかるんな」と麦にいいながら（笑）。「ネズミじょ」ってまた、かわいいですよね。「カラスじょ」というのもかわいいでしょう。

藤原　「じょ」っていうのは「さん」みたいなもの？

石牟礼　「さん」みたいなものですけれども、もっと近しいものに対して。「娘さん」といわずに「娘じょ」といいます。「あそこの娘じょは、もう嫁入りなはったげな」って。「孫じょの生まれなはったろか」って、「じょ」とつけるんですよね。ミミズなんかにも「ミミズじょ」といったり「メメンチョロ」といったり。かわいいでしょう？　「ミミズ」とはいわない。メメンチョロ。そうすると、手に持って遊ばせたいような気になる（笑）。

真似して私も「団子になってもらうとぞ」って。なんか、ふくらむんですよね、団子になる過程が。あんこをつくるときの感じとか餅つきの過程とか、全部を思い浮かべながら踏んでいくんですね。踊っているような、歌っているような麦踏みでした。まだ小学校に行かないころでしたけど。

藤原　麦踏みというのは疎開先の山口で見たことはありますが、あれ単調な仕事でしょ。この人たちいったい何を考えながらトントントントン歩いているのかなと子ども心に思っていましたが、団子だったんですね（笑）。

石牟礼　団子をつくるのも大好き、食べるのも大好き。ほんとに団子や餅をつくるための麦踏みでした。だって団子は小麦がないとできないでしょう。石臼にかけて粉にひいてつくるわけですから。あんこも自分で、全部そうやって自分たちでつくっていました。

藤原　それ、どういう団子ですか。

石牟礼　いろいろあります。

小麦をまず石臼にかけて引きますでしょう、粉にして。これも大変手間がかかります。そして、ふるいにかけてカスを取って、粉をずっと寄せて。大変な手間でございますよ、団子をつくるというのは。それでも団子を食べたいから、お盆とか七夕とかに団子をつくることに決めていましたので。

藤原　団子というのは、やっぱりご馳走ですか。

石牟礼　ご馳走でございました。お祝いごとであったり。

それにソーダを入れるとふくらし饅頭になる。いまは何ていいますかね。水にといて、ソーダをふるい入れて、混ぜて、大きな団子をつくって、引きのばしてあんこを包んで。あんこをつくるのがまた大変。あんこも、小豆を畑に蒔くことからはじめるんですよ。そして小豆を煮て、漉《こ》したり、つぶしあんにしたりして。ヨモギを摘んできて入れたりもする。団子ができるときは、私たちは「団子の座布団を取っておいで」といわれて。

藤原　ソーダを入れるのは空気が入ってほわっとしたカルカン饅頭ですかね。その団子の座布団は葉っぱか何かでつくるんですか。

石牟礼　サルトリイバラという葉っぱ。方言でカカランハといっていましたけれども。その葉っぱにのせて蒸すんですね。そのときのうれしさというものはない（笑）。そういうのを取ってくるのは子どもの役割でした。

藤原　山にある場所を知っているんですね。

石牟礼　はい。それから、木の根を噛むのが、何かあるでしょう？　ニッケイというのを小さいとき、噛まれたことがあります？

藤原　ありますね。木の皮じゃないでしょうか。皮をむいて噛む。

石牟礼　団子の座布団の中でもニッケイの葉があったら、団子にちょっと香りがします。

藤原　ニッケイは、根のほうが香りが強いんですかね。

石牟礼　男の子たちはよく根を掘っていました。「ニッケイの根ば取りに行く」といって、山を探し回ってましたね。団子のときに使う葉っぱは、山の神様にお断りをいって「もろうていきますで」といいました。

藤原　山に行って、どういうお断りをするんですか。

石牟礼　「全部はこそぎ取りませんから」（笑）。「欲々とこそぎ取っちゃならん」といよりましたから。

藤原　高度成長前はみなそうですよね。漁師でも全部は取らなかった。網の目を大きくして、そこから小さな魚は逃れるようにしていた。しかし網の目が小さくなって根こそぎ取るようになった。それで魚が減ったと嘆いている。自業自得です。その時代は、つましくて美しい世界ですよね。

石牟礼　そうですね。うちの母はとくにそんな人だったように思いますね。お料理も、お料理といったって田舎料理ですが、上手でしたね。お煮しめなんか絶品だった。ハイカラ料理は知らないんですが。

藤原　カカランハの座布団つきの団子を蒸しているときがハレの世界ですか。子どもにとって。

石牟礼　その日はもういそいそして、家族中が（笑）。みんなで団子ができ上がるのを待っている。自分も参加しているでしょう、種を蒔くときから。「ああ、この日のためだった」と思いますよね。

藤原　ということは、麦踏みをしてから団子ができるまでというのは、何か月間？

石牟礼　麦が芽を出してから半年はかかるんじゃないですかね。

山のあの人たち

石牟礼　ヤマモモが熟れる時期にも、母は、「欲々とこそぎ取ってはならん。山の神さんのもんじゃけん。山のあの人たちのもんじゃけん」と。「あの人たち」って、いろいろおりますよね。鳥だけじゃなくて、トカゲもアマガエルもいるし、オロチもいるし、サルたちも、キツネも、タヌキも、ウサギもおるし、ネズミもおるし、それを総称して母は「山のあの人たち」「あの衆たち」といっていました。

藤原　いまは「あの衆たち」はこの世にはいません。みな畑を荒らす害獣です。なぜ畑を荒らすかというと、ゴルフ場や林道なんかをつくって山を破壊してしまって、山にエサがなくなるからです。僕の房総の家も、目の前の山が二つ削られてゴルフ場ができた。その前には山間に行くと清水が流れていて湿地帯が広がり、ほんとうにおいしいセリがわんさとできて、その間でカエルがあちこちでゲロッゲロッって交尾をしている。まるで天国みたいです。それが開発のあとに行くと、水が黄色く濁って、楽しみにしていたセリも消えていました。遠くでカキーンという音がして青空をゴルフボールが飛んでいる。あんなもの打つために天国をいくつもつぶしたわけだ。この野郎って（笑）。

石牟礼　母はいつも、「山のあの人たちのおんなはるけん、人間が欲々こさぎ取っちゃならん」って、「お断りをして木に登らせてもらえ」っていっていました。黙って行っても途中でヤマモモの実を食べたりするから、胸元が実の色で染まるんですよ（笑）。エプロンのポケットに入れたりもするでしょう。昔の子どもたちはエプロンを着ていましたから。わかるんですよ。一目瞭然。山にヤマモモを取りに行ったなって。そして、子どもって案外山奥へどんどん行きますし。一人で。おもしろいんですよね、山の中って。

藤原　僕もよく山には遊びに行きました。逆に人間がサルみたいに、あの衆たちの世界を荒らしに行ったんでしょう。人間が栽培しているビワ畑へサルのように盗みに行って木に登って。

石牟礼　私も、木というのは登るためにあると思って（笑）。

藤原　木に登って、ビワの実を学生服の全部のポケットに入るだけ詰め込んで、ポケットがパンパンにふくらんで。

石牟礼　ビワをポケットに入れるという発想はなかったですね。大きいですもんね、ビワは。

藤原　それでビワ畑の番人に見つかるんです。コラーッと飛んでくる。木から飛び降りて山の斜面を猛ダッシュで駆け下りる最中にころんでビワをぶちまけて、体がベトベトです（笑）。サルにもそんなヤツいますよ。手に持ち切れないくらいミカン持って、コラーッと追っかけるとほとんどこぼして逃げていく。昔もたまにはサルは人間界に出てきてたようですね。

石牟礼　そうですね。

藤原　しかし畑やビワが全滅するってことはなかった。

石牟礼　山のサルたちが里に出てきたりすると、みんな喜んで、脅かさんように戸の隙間からそっと見て（笑）。どこにどんなふうにしとったって観察して、あとで話し合って、それが一生の思い出になったり。

藤原　いまみたいに百匹とかの群れで出てくるようなことはなかったと聞きます。サルはめったに出てこなかったんですか。
石牟礼　でも、やっぱり頻々と出てきていましたね。
藤原　当然、畑の何かを持っていくとか、あるでしょう？
石牟礼　持っていくわけですけれども、「食べてもろてよかったね。うちの畑にも来らしたぞ」って。
藤原　へえ、すごいな。
石牟礼　「来てもろうた」って（笑）。
藤原　出てくるサルの数が少なかったんでしょうか。サルが大量に来て食べ物を荒されて収穫が困ったと、そういうことではないわけですね。
石牟礼　そういうことではないですね。大量には来ないです。一匹二匹、ボスみたいなのが来るんですよ。小さな、何も世間を知らない子ザルが来たりすると、かわいいですよね。
藤原　僕も房総に引っ越したときに、夕暮れの暗いときに遠くの林にサルの影がばっと走ったのを見て、すごく感動したんですよ。最初はね。「わっ、サルだ」と思って。それ以降はもう闘いで、出てきたらすごい勢いで、この野郎！と追いかけていく（笑）。

サルとはいろいろな闘いをしましてね。大声で追いかける。花火その他の鳴り物を打ち鳴らす。パチンコで脅す。ラジオで人の声を流しておく。その他いろいろ。ついには、毒には毒をもって制すとばかり、シュロの木の皮の繊維でオランウータンをつくり、木の枝にぶら下げました。最初は警戒しているのか姿を現さなかったのですが、一匹二匹と好奇心のある小ザルが近づき、危険がないとわかると、物見遊山のように逆に大勢で押しかけるようになった（笑）。

石牟礼　サルたちを楽しませておあげになった（笑）。

藤原　結局、サルを来なくする名案というものは誰も思いついた者がいないというのが日本の現状です。シュロの皮でほんとうに上手にオランウータンができたんですけどね（笑）。

これはほんとうにあった話ですけれども、四国の宇和島村議会で猿害の話が出て、一人の村議の方が、そういえば猿蟹合戦というのがあったじゃないかといいだした。サルはカニが嫌いなんじゃないか、と。それで、カニの大きな看板をつくって畑のほうぼうに立てたらどうか、と。そしたら予算がおりたんです（笑）。そしてほうぼうの畑にカニの看板を立てた。

石牟礼　どうだったんですか？

藤原　その翌々日の『宇和島新聞』の第一面に、「カニの看板効果なし」と出た（笑）。

写真つきで。カニの看板で日陰ができるでしょう。その陰のところでサルがトウモロコシを食べてる（笑）。それが笑い話にならないくらい困っていたんですよね。ワラをもつかめ、と。

石牟礼　猿蟹合戦とは、よく思いつかれましたね（笑）。もう、いっそ、サルにも市民権を与えて同居したらいいいんじゃないですかね。

命のざわめき

藤原　子どもだけで森に入って、危ないことなどはなかったんですか。

石牟礼　危ないことはなかったですけど、話は聞いておりました、山へ一人で入ったら神隠しにあうって。親が聞いたらぞっとするようなところまで一人で行きよりましたから。子どもがいなくなって神隠しにあったとわかったら、村総出で鐘を叩きながら探しに行く。鐘の音は遠くまで聞こえるから、それを聞いて子どもが帰ってくるかもしれない、と。「鐘を叩いても出てこんだったそうだ」という話を大人たちはしていましたね。山の魔力というんですかね。帰りたくないんですよね、下界へ。もう、魅力いっぱい。
　これは、野苺《のいちご》のジャムです。水俣病の発生地区にいる娘さんがくださいました。野生の野苺です。

藤原　いまもありますか。

石牟礼　はい。海辺の藪に。

藤原　最近、山に野苺がすごく少なくなったんですよ。昔はこれを取って、ネコジャラシの長い茎に刺して串団子状にして持って歩いたでしょう。

石牟礼　はい。このジャムはパンに塗って食べるとおいしい。ちょっと食べてごらんなさいませ。

藤原　これはやさしい甘みだ。野苺のジャムは初めてですね。

石牟礼　おいしいでしょう？　野生のものです。

藤原　草むらの中に赤いのがパッと見えたときの小さな興奮ってありますね。

石牟礼　ええ、いっぱい写真を撮っていただきたい（笑）。

藤原　山のほかに海辺ではどんな遊びをされたんですか。

石牟礼　海辺では、雁爪《がんづめ》といって田んぼの草を取る鉄の道具がありますが、あれで掘り起こすとぞろぞろとアサリやハマグリが出てきました。

藤原　磯の、ザワザワザワザワ、いろいろなものがいる世界でしょう？

石牟礼　はい。
藤原　磯が、潮が引くと、あっちこっちでざわめきがあるでしょう。ザワザワザワザワ。
石牟礼　ミシミシ、ミシミシと……。
藤原　そうそう。命のざわめきがたくさん、こう……。
石牟礼　巻き貝たちがまず渚のいちばん上のほうにいて、身を抜いてみるとグルグルになっているんですよ。柱があって巻きつくようになって、貝の身が入っている。一枚貝です。蓋を開けて、舌を持っているらしくて、それで岩の上や小石のぐるりにいっぱい。何を食べているんでしょうかね。丸いのや、お尻のとがったのや、ギザギザがあるのや。そういうのが人の足音を聞くと、パラパラパラと落ちるんです。
藤原　そうそう。僕らはそれをニナといってね。
石牟礼　ニナとか、ミナとかいう。
藤原　こっちでもニナといいます？
石牟礼　水俣ではビナという。天草ではニナとおっしゃいました。
藤原　じゃ、同じだ。
石牟礼　はい。全部食用になるんですよ。人の足音がすると落ちて逃げるんです。這って逃げるから遅い（笑）。それを片っ端から拾って。無数にいます。そして、もっと沖のほうへ行くと、それが大きくなったのが。サザエなんかもその一つですね。
　雁爪で砂を一度掻くと、アサリが五粒ぐらいいますかね。ガツンと音がしたときは「あっ、ハマグリだ」と思って。案の定大きなハマグリだったり。それから、貝類図鑑にはないような白い貝もいました。じつに美しい、丸い平たい、白いから「シラカイ」といっていましたけれども。貝によって砂の中に潜っていく深度がちがうんです。

藤原　へえーっ、それは知らなかった。じゃ魚と同じですね。魚もそれぞれの種類によって泳ぐ深さがちがう。それをタナというんですが、貝にもタナがあるわけだ。何でしょうかねあれ、魚屋で袋いっぱいにアサリ買ってもぜんぜんわくわくしないのに、砂浜でたったひとつ出てきただけでわくわくする。

石牟礼　心が躍るですね。

憎しみと許し

藤原　石牟礼さんがチッソの問題に関わりはじめたというのは、いまおっしゃったような豊かな海と美しい世界が壊されていったという、基本的にそれがどこかにあるわけですか。

石牟礼　はい、それはありますね。

藤原　自然の恵みとか美しさに触れている深さが深ければ深いほど、そういう思いが募りますよね。

石牟礼　そうですね。チッソをかばいたいという気持ちはわかりますが。いまはなくなりつつある共同体を、そんなふうにして日本の近代というのは見捨ててきたんだと思って。その一つの変種が水俣だと思うんですけれど。

チッソ擁護をしたい市民の気持ちというのは痛いほどわかるし、しかしそういう気持ちをチッソの側は汲み取らないですよね。それは、藤原さんもお書きになっているように、六〇年代から八〇年代にとくに顕著に現れてきた日本の近代の総決算というか、ある意味では裏返しというのか。こういう近代になってはいけないはずだった。「電信柱の影なりと、うちの山を通ってくださいませ」というような気持ちを、どんなふうにとらえているのかなと思って。チッソの人にもわかってもらいたいです。そういう言葉に対して、交渉の場面でチッソの人たちが「これは単なる交渉事ですから」といったのを聞いて、「それはあまりじゃありませんか」と私がいったら、「これは文学的な問題ではありません」とチッソの人はいいました。

藤原　「文学的な問題ではありません」ということは、心の問題ではないということですね。

石牟礼　「単なる交渉事ですから」って。命に値段をつける。庶民の切ないような、一方的な片思い。自分たちが犠牲になりながら片思いをしている。そういう、ある意味では無念さみたいなものをわかってもらいたいです。

藤原　犠牲になるというのは、家族がたとえば水俣病になった、それでもなお片思いがある、そういう人たちの会社に対する思いがどうしても消えないということですか。

石牟礼　きのうもちょっといいましたように、「もう会社に対する義理は捨てました」といった人もいる。「義理」というのは何だろうと思うんですね。会社のお世話になったわけでもないのに、「義理はもう捨てました」って。

藤原　一方、会社のほうでは心の問題とか義理なんてまったく無意味ということでしょう。

石牟礼　義理人情は下等な世界だと、インテリたちは思っているでしょう。

藤原　福島では強制避難区域に三回ぐらい入っているんですけれども、空間線量で平均7マイクロシーベルトというと、けっこうすごいんですよ。完全にアウトの世界です。避難された方たちの中には、かつて原発を一生懸命に推進した人たちもいますが、義理を捨てたという言葉には出会わなかったですね。原発が憎いって言葉はよく出ます。この「義理を捨てた」という言葉と「憎い」という言葉の間にはずいぶん距離があるような気がします。

　憎しみとか憎悪というのは人間が他者に持つネガティブな感情の中では最も重苦しいものですね。その「憎い」という言葉を聞いて僕の頭に思い浮かんだのは旅したアラブやイスラム世界でした。パレスティナがいい例ですが、あの世界ではいたるところで憎しみの連鎖がいつまでもつづき、いまに至っている。

　その憎しみの根源には何があるかというと、土地の略奪と喪失なんです。アラブやイスラム世界というのは人口密度が低いことが物語っているように、住める土地が非常に少ない。つまり土地の奪い合いなんですね。

　今回の強制避難区域で聞いた「憎い」という言葉の根源には、そのイスラムの憎悪の根源にある、自分が住んでいる「土地や家を失う」に似たあの感じがありました。つまりある日、代々伝わり子どものころから住み慣れた土地や家を強制的に略奪されたわけです。この悲しみや怒りは、放射能を浴びるよりずっと大きい。

　僕は高校二年のころ家が破産して故郷を離れましたが、あのときの喪失感というのは並大抵のものじゃなかった。だけど故郷がなくなったわけではない。大人になって帰ろうと思えば帰れるんだと自分を元気づけていました。だけど原発の強制避難区域というのは事実上帰れない。庭先の除染は可能ですが、広大な野山までの除染は不可能です。そういう仕打ちを自然がやったとするならあきらめもつくだろうが、人がやったんですね。

日本というのは確かに異民族も同居はしていますが、世界の国に比べると圧倒的に一国家一民族的色合いが濃い。そういうものの中で、和の精神とか空気を読んで他人に合わせるという曖昧な他者との処方が機能してきたわけですが、思うにこのイスラム世界のように、同民族を同民族が憎悪するという心の構図は日本にはなかったように思うんです。そういう意味では神代の昔以来初めてここで小さな民族分裂が起こっていると、現場を踏んでそのように感じました。

家はまだ立派に建っているんだけど、家財も一切持ち出せない。家財も汚染されているから。僕が行った農家なんかは、赤十字が支援物資と決めた電化製品七点セットが来るのを待っていて、それが来たらほかの土地に移るという、ひどい状況です。

被災地には津波の避難者と原発の避難者と両方の方たちがいらっしゃるんですけれども、原発の放射能で追い出された人々は、姿が全然ちがいますね。顔が歪んでいます。表情がちがうんですね。言葉をかけても拒絶されることもある。原発が爆発したあとに、強制避難区域というのはいろいろな取材が入ったんですね。外国からもいろいろな形で。中にはほんとうにひどい取材もある。そうすると、おもしろがって見にきているのではないかという被害意識にもなってしまうのは当然です。

僕は、自分の作品を売った現ナマを持っていきました。やっぱりああいう場所は先立つものが必要なんです。結局、何やかやいっても金なんですよね。農家に上がり込んでいろいろ話していると、最後は金の問題になってきます。移住してアパートは県が借りてくれるんだけれども、そのあと生活費はまだおりていないということで、たまにぽんと金を置いていくんですが、そうしたら、単純に金なんだけど、顔が輝くんですよ。強制避難区域の人の歪んだ顔が、わずかな金で急に明るくなるというのはすごいなと思ったんだけど、それは単に金の問題だけではなく心が伝わったんだと思う。あのどうしようもなく歪んだ顔というのは水俣にもあったのかな。あれはやっぱり人災ですから。人災というのはあきらめがつかないでしょう。

石牟礼　つかないですね。お金についてはまったく同感です。同じような事情があります。

藤原　天災だと、最後は諦観というか、無常観の中に入ることもできるけれども、強制避難区域の人々はあきらめがつかないんですね。この方たちの心を平静に収めていくのはものすごく大変だと思いますね。

石牟礼　水俣も大変です。四代ぐらいにわたって関わっていますから。一家全部が病気になっている家に何年か行きました。そんなにたくさんではありませんけれども、村の噂で、あそこの家も、あそこの家も、あそこの家も……。いまのうちに調査をしておかなければいけないんだけれども。国は全然調べませんでしたから。

チッソは要するに逃げ出すための別会社をつくって、そこの株式を売って、それで補償しますといっているんですけれども、チッソの株を買う人っているのかしらと思います。まず株を買う人がいないだろうと思う。そんなことは患者さんたちもよくわかっているんですね。それで、世の中から見捨てられる、と。

しかも、きのうも申しましたが、国がわざわざつくった水俣病に対する特別措置法というのは、大雑把にいえば、裁判からも下ります、認定申請も取り下げます、そして和解をしましょう、と。和解ですよ。和解というのは本来、何か平等の立場がまずあってのことなのに。

それで、世の中のことは隅の隅までわかったというのが前提として一つあって、生まれ直す。世間の人たちもわかってくれなかった。なんでこう苦しまなければならないんだと考えて、「あんたたちは誰も病まんけん、代わって俺たちが病んでいるんだ」という気持ちになられるのです。なんでわたしたちが病むんだろう。回復不能の病気をなんで病まなければならないのか。みんなの代わりに病んでいるんだ。「病むということを知らない日本国民、病んだ者の気持ちもわからない世間さまに対して、わたしたちが代わって病みよっとぞ」と自分で思い聞かせることにした、とおっしゃいます。

藤原　その「病む」を「追われる」といいかえると、水俣と福島はつながりますね。

石牟礼　はい。それで、「知らんということは罪ばい。この世に罪というのがあるなら、知らんということがいちばんの罪。それで、知らん人たちのためにも、自分のためにも祈ります」と。祈るということをおっしゃってくださっていますけれども。

藤原　いま原発がこういうふうになっていますよね。その原発というのは、きのうから石牟礼さんがおっしゃっている、電灯を引いてパッと光を灯すためのもので、日本全国に灯るわけですよね。原発が仮に消費電力全体の二〇パーセントであれ三〇パーセントであれ、その原発の電力の恩恵をすべての人がこうむっている。確かに、おおもとの加害者は東電の第一原発、それから、それを推進してきた産業界や政府です。そういうおおもとの加害側というのがあるわけですよね。そこで、一つのもののいい方として、「その加害者の恩恵をまた僕たちはこうむってきているわけだから、被害者も加害者だ」というもの言いがあるんですね。そのいい方は、理屈としてはそうかもしれないけれども、それが正しいかどうか、その判断はなかなかむずかしい。

石牟礼　はい。むずかしゅうございます。

藤原　たとえばチッソのある人は、石牟礼さんの御本の中に書かれているように有機水銀の座布団みたいなかたまりを夜中に流すわけでしょう。流せば人に危害が加わることを知っていて夜中に流すわけですね。その被害をこうむって水俣病になった人と、流した本人が、お互いチッソの恩恵をこうむっているのだから互いに加害者であり被害者でもある、ということにはならないでしょう。それと同じようにこの原発問題にしても、被害者と加害者を同一視するというのはそこに大きな矛盾があるように思います。

石牟礼　人間の罪ということは考えられると思うんです。そうしますと、哲学上では、人間には原罪があると。もともと罪を持って生まれてきたのだから、それに気づくというか、そしてあなたは何の資格で人に「あなたは罪人です」ということができるか。お互いに罪深い人間だ。そういうことを一応は考える。なおかつ、近代は、宗教なんかも根底から罪ある者たちを許すというか、神も仏も人間がつくり出したものですから、究極の罪を救済するということを考えた宗教の開祖たちがいて、それから、知らんということはいちばんの罪といわれる、まだ気づかない人たちがいる。これ、永遠に尽きないと思う。患者さんたちも思われ、「代わって病みよっとばい」という言葉は、病んでいる人たちの自分にいい聞かせる覚悟だろうと思うんです。

それではっとするんですけれどもね。「知らんということは罪」と。それで、「あんたたちのおかげでこういうふうになった」とはおっしゃらない。代わって病むとおっしゃる。これは現代の聖者ですよね。だけど、聖者といったって、その人たちの苦しみを和らげることはできないですね。近代というのは罪に満ちていると思います。

「道子さん、私は全部許すことにしました。チッソも許す。私たちを散々卑しめた人たちも許す。恨んでばっかりおれば苦しゅうしてならん。毎日うなじのあたりにキリで差し込むような痛みのあっとばい。痙攣も来るとばい。毎日そういう体で人を恨んでばかりおれば、苦しさは募るばっかり。親からも、人を恨むなといわれて、全部許すことにした。親子代々この病ばわずろうて、助かる道はなかごたるばってん、許すことで心が軽うなった。

病まん人の分まで、わたし共が、うち背負うてゆく。全部背負うてゆく。

知らんちゅうことがいちばんの罪ばい。人を憎めば憎んだぶんだけ苦しかもんなあ。許すち思うたら気の軽うなった。人ば憎めばわが身もきつかろうが。自分が変わらんことには人は変わらんと父にいわれよったがやっとわかってきた。うちは家族全部、水俣病にかかっとる。漁師じゃもんで」

こうおっしゃったのは杉本栄子さんという方ですが、亡くなってしまわれました。彼女が最後におっしゃったひとことは、「ほんとうをいえば、わたしはまだ、生きとろうごたる」というお言葉でした。

滅びの過程

藤原　他者を責めず「知らないことは罪」「代わって病んでいる」という水俣病患者さんのお考えは、たいへん奥ゆかしいし、感じ入るものがあります。

またキリスト教の原罪の思想も文明そのものが罪を犯しているという考え方に立てば整合性はなくはないし、そういった原罪を持った人間が人間を裁くことができるかという問題もあります。そして日本人は農耕民族で、和をもって尊し、というようなところがありますから、イスラムの地のように他者の罪を徹底的に追及するという姿勢もなかなか持ち得ないですね。

だけど、僕個人は今回のような、人間のみならずすべての生命体を根底から脅かす原発問題をどう解決するかというような局面では、高邁な宗教的思想や奥ゆかしい日本人の心では一向に前に進まないと思っているんです。

たとえば内橋克人さんの著書に掲載されているのですが、一九八三年当時の敦賀市長だった高木孝一さんという方が、石川県羽咋《はくい》郡志賀町で開催された「原発推進の講演会」で町民を前にこんな演説を行なっています。

「まあそんなわけで短大は建つわ、高校はできるわ、五十億円で運動公園はできるわねえ。火葬場はボツボツ私も歳になってきたから、これも今、あのカネで計画いたしておる、といったようなことで、そりゃあもうまったくタナボタ式の町づくりができるんじゃなかろうか、と、そういうことで私はみなさんに（原発を）おすすめしたい。これは（私は）信念をもっとる、信念！　えー、その代わりに百年経って片輪が生まれてくるやら、五十年後に生まれた子どもが全部、片輪になるやら、それはわかりませんよ。わかりませんけど、今の段階ではおやりになったほうがよいのではなかろうか……。こういうふうに思っております。どうもありがとうございました。（会場に大拍手）」

自分たちの子孫の五体に障害が起きようと、いま金がタナボタ式に入ることが先決という、まるで悪魔に心を売り渡したような者がこの原発問題では日本国中あちこちに跋扈《ばっこ》している。そういった中で電力を享受するすべての者に罪があるというような、のどかなことはいっておれないわけです。やはり罪は罪としてきちんと峻別しなければ何も解決しない。

しかし現実は厳しい。福島第一原発の大きなダメージでドイツやイギリスをはじめ世界各国は原発政策の大きな舵をとりつつありますが、事故のほとぼりも冷めていない中、山口県の上関《かみのせき》町の町長選ではダブルスコアで原発推進派の町長が当選している。

事故当事国のこの日本は、あの二十八年前の「子孫が障害者になっても金のほうが大事」という論理がいまだまかり通っている。というより日本人の民度は動物並みにどんどん下がっているんじゃないかとすら思える。

本来原発というものは、事故が起これば日本のみならず世界が汚染されるわけだから、日本の、それも人口の少ない過疎の市町村の二千人程度の村人や、（利権に目のくらんだ）市長や町長が決定権を持っているというのはとんでもないことで、本来少なくとも国民投票にすべきものです。というより上関の決定にドイツやイタリアが異議を申し立ててもいいわけです。

だが現実は、動物のマウンティング論理のように強い者が勝つという馬鹿馬鹿しいことになっている。そしてまた必ずや第二の福島が立ち現れ、また放射能を撒き散らすでしょう。

放射能といえば、広島長崎以降二千四百発の核実験が行なわれており、福島第一原発から発生したセシウム137が核爆発約百五十個分といわれますから、それを基にすると原発事故十六回分相当になります。そうすると単純計算してこの六十年間に、福島、チェルノブイリ、スリーマイルの三回を加えて十九回分の原発が爆発したことになります。また事故を起こさない原発も恒常的に放射能を濾出し、原子力潜水艦の海中埋葬もそうですが、戦争の地域戦では劣化ウラン弾のように放射能を撒き散らす兵器がふんだんに使われている。こうしてみると、原発事故三十回分くらいの放射能がすでに地球に蔓延していると考えるのが順当ではないかと思います。癌死が増えているというのもその結果かもしれない。そういった中で、もう放射能は避けがたいものとして、その中で人類はどういうふうにサバイバルするかということでしょう。

僕は、いわゆる仏陀のいうところの無記、つまり論議するよりまず体に刺さった矢を抜くという即時即物的対応が求められると思っております。

まず内部被曝を極力抑えるために、飲食物の放射能値を測るシステムを完備するということは最低必要だと思います。ベラルーシでは近所に気軽に食品を持っていって放射能値を測るシステムが完備しています。そんな中で私個人も、ブログで報告する必要があるから多少の資金を投入して、ドイツからベクレルモニターを購入し、すでに何十品目かの食材の放射能値を測り、報告していますが、驚いたことにセシウムの濃縮率の高い牛肉では、安全と思われているオーストラリアのオージービーフが百数十ベクレルの数値をたたき出している。びっくりして数検体を測ったのですが、すべて線量が高いという結果が出た。スペインから持ち帰ったソーセージ類も百ベクレル以上出ています。

そのメカニズムは不明ですが、こうしてみると原発三十基分の放射能はすでに世界を覆っているのではないかとも考えられる。そんな中で申しわけないと思うのは、福島の場合もそうですが、ほかの罪のない動植物も巻き添えにしていることです。実は現地で一番ショックを受けたのは飯舘村の線量の高い地区の地面で番《つがい》のアリが狂ったようにエンドレス状態で輪を描いてグルグル回転していたあの光景です。ああやって回りながら死ぬのでしょう。あの狂ったアリは、水俣病にかかって鼻の先でくるくる踊って海に飛び込む「踊り猫」そのものなんです。その光景を見て自分に罪を感じました。

　そのような大罪を犯した僕たちは滅びてもいい。というより滅びるべきだと僕は思っております。つまりこの地球上の生物量の〇・〇一パーセントに過ぎない人間が九九・九九パーセントの生物の命を奪おうとしている。そういう生物は滅びるべきです。

石牟礼　藤原さんがお書きになったように、やっぱり人類は滅亡に向かっていきつつあると、私のような頭でも思うんです。藤原さんの『死ぬな生きろ』の中に、ご本の題名と同じ言葉があって、めくってみたら花が一輪折れているのが写されていて、「あっ」と思いました。最初は人間と思っていたんです。ページをめくるまで。そうしたら、花が折れたのが……。あれはどこの場所ですか。

藤原　四国です。僕は希望的人間ですから、倒れた花に向かって、生きろといっている。

石牟礼　言葉が短くて、とてもいいですね。

藤原　最近、言葉がどんどん短くなって。あまり言葉に意味を持たせ過ぎると、どうしても人を縛ってしまいますから、なるべく意味を持たせないように持たせないようにして、自分が見たものをさっと書く。何を見たかで、すでにそこでメッセージがあるわけですから。その言葉をいろいろな人がいろいろに解釈をしてくれればいい。若いときだったら、こう読んでほしいというのがあったと思いますが、いまはそうじゃない。言葉を意味から解放させてあげたいというような気持ちが、いまはあるんですね。

石牟礼　短い言葉がとても効いています。

藤原　それと、そういう言葉に付随する風景というのが、もう、どこにでもあるような、何でもない風景というか……。

石牟礼　これを拝見して、この世を見直すという気持ちになります。見落としていることがたくさんあるな、と。

藤原　こういう世界はみんな見えているんです。気がつかないんです。人は成長するにしたがって自分が必要としているものしか見えないようになってしまいます。子どもと逆ですね。さらに会社的な役割の中で縛られて生きている人は、自分の社会的役割と無関係なものは見えなくなってしまっているんですね。しかし、ごく日常にある何でもない世界というのが僕らを支えてきているわけで、それが美しく見えるということがまっとうに生きていることだと思うんです。

　この『死ぬな生きろ』の展覧会を銀座でやって、八十八点並べたんですね。会期のちょうどど真ん中の三月十一日に震災が起こったんです。震災でちょっと自粛ムードになって、みんなイベントをやめたりしていて、展覧会も余震が危ないということで閉じていたんですが、僕は日本人固有のこの自粛というのが嫌いで、逆に会期を延ばして一か月にしました。

　震災以降にとくに若い人が増えたんだけれども、震災以前と以降では全然見方がちがっているのがわかりました。こんな何でもない風景ですよ、みんな。どこにでもあるような風景なんだけど、みな穴があくほど見ているんですよね。ある意味で、あの大震災と津波でなくなったものはこういうありきたりなものなんですよね。お寺の国宝がなくなるよりも、日常の道端に咲いている花とか、人々の日常を支えていた何でもないものがほんとうに大事だということが、初めて身につまされてわかったんだと思います。災害によって、見えていなかったものが見えるようになったというのも皮肉といえば皮肉ですけど。

ボランティア

石牟礼　水俣にも学生さんたちが加勢に来ましたけど、「畑のお手伝いをします」といって張り切って来てもらって、行ってもらったら、麦がどれだか草がどれだか（笑）。引っこ抜いてならんのを引っこ抜いたりして。「東京の学生さんという話じゃが、ひょっとすると落第生かもしれんね」とかいって。それでもうれしいんですよね、加勢に来てくれて。「親御さんが、まさかこぎゃんとこに来て、学校休んで来てるとは思いなさらんど」といって心配していました。「こんなところで畑で遊んどってよかろか。落第生かもしれん」て（笑）。それでもうれしくて焼酎飲ませたりしましてね。「大学じゃ草も麦も教えなさらんとばいな」とおっしゃっていましたよ（笑）。

この前も学生さんが、「水俣に行ってきた」といって寄っていきました。私が「死民」という言葉を使ったので、その意味を教えてくださいといって見えたのです。ちょうど夏ミカンの収穫の時期に、水俣に手伝いに行ったんですって。

手伝いに行った先の漁村のある地区で、せっかく手伝いに行ったのに誰もいらっしゃらない。どうしたんだろうと思って、そこらにいた人たちに聞いてみた。夏ミカンの収穫をして、注文がありますから送らなければならない。入れて送ろうと思って段ボールを持っていったんですって。そうしたら誰もいらっしゃらない。どうしたのだろうといったら、みんな沖に行きなさったたって。おかしいな、ちゃんと何時ごろ行きますといっておいたのに沖に行ってしまいなさった、どうしてだろうかと、ほかの患者さんのところに行って聞いたら、「そりゃ沖に魚が来たにちがいない。夏ミカンなら逃げんばってん、魚はいま取りに行かんば逃げてしまう」って。

その話を聞いたのが大変うれしかったらしくて、「夏ミカンは逃げんということを習いました」といって、とっても喜んで、「水俣へ行ってきた」「水俣へ行ってきた」と。「夏ミカンは逃げんていいなさった。さすが漁師さん」て。その夏ミカンの収穫がとっても楽しかったそうです。そういう話を聞かされて。

そういうことを若い人は知らないんですね。魚は逃げる。魚が来て、わっと漁師さんたちが沖に行ってしまいなさって。えらい勉強したごといいなさって帰られましたよ。それで、「励まされて帰る」といいますね。そういうことを教えてもらって。

藤原　いまの子は二次情報過多の世界で生きているから、頭でっかちな子が多いです。それで目の前の現実のほんとうに単純なことを知らない。夏ミカンは逃げんというのは目からウロコでしょう（笑）。

光明

藤原　震災地へ何回か入っていますが、神戸とちがうのは、神戸というのはまだ、神戸に入ったら「あっ、ここは神戸だ」とわかるわけです。今回は、どこへ行っても地名すらなくなっている。どこへ行っても同じです。全部ぐちゃぐちゃだから。地名すらなくなるというのは、ほんとうにむごいことですよね。

石牟礼　そうですね。

藤原　そういう地名すらない場所に立つと、感情すらわいてこないんです。ただ呆然と見ているしかなかったんですけど、宮古というところで辛うじて残っていた一軒の壊れた家の中に入ったら、子どもの絵がぐちゃぐちゃの床に落ちていました。人の絵が描かれていて、その横にたどたどしい文字で「宮古のおばあちゃんへ」と書かれていた。それを見たときに、それまで感情を失っていた自分が不意に怒りをおぼえて、初めて感情が出てきたんですね。今度の震災に対して。ただ、怒ってもどうしようもないわけだし、実際の光景を見ると救いがない世界です。そういう救いのない世界で、がんばれとか、希望なんていう言葉は簡単に吐けないんですよね。震災地を歩いていると、東京から流れてくるラジオから、「がんばりましょう。希望を持ちましょう」

という言葉が耳にタコができるように聞こえてきてだんだんうるさくなってくる。おそらく現地の実際に被害にあっている人は、あの言葉ほどうっとうしかったものはないと思います。

　ほんとうは悲しいことを悲しいといってあげなければならない。苦しいことを苦しいといってあげなければならない。そこには救いはないけど、その苦しみや悲しみを少しでも分けてもらうところからはじまるんですね。声高にがんばれというのは現実を知らない他人事《ひとごと》なんですね。だからイラつく。その言葉は、苦しみや悲しみを消化したずっとあとの言葉です。

　こんなことがありました。気仙沼という震災地の、何もない瓦礫の平野があるんですけれども、そこを二十代のカップルが歩いていたんですね。けっこう化粧をギンギンに決めて着飾って、そこでデートしているんですよ。異様な風景でした。聞くとそれは、避難所でばらばらになった恋人同士の初めてのデートだったんです。初めてのデートをどこにしたかというと、自分たちがかつて生まれて遊んだところにした。それが何もない瓦礫の場所だった。女性のほうは化粧を一生懸命にしているんだけど、鏡もろくにないものだからマスカラがちょっと目の輪郭を外れたりしてて。

「何しに来たの？」と尋ねたら、自分の家を見にきた、と。だけど全部移動してしまっているから、どこが何かわからない。ただ、あそこにセブン‐イレブンがある。壊れているんだけれども、看板が少し残っている。「あそこがセブン－イレブンだから、セブン－イレブンから何百メートル行った、あの辺りがそうかな」みたいな話をしている。その二人を見たときに、妙に感じ入るものがありました。すべてが何もない、すべてが破壊し尽くされた中で最後に居残っているものは結局、人間の愛情だなと思ったんですね。その一件で、単純にいえば絶望の中にちょっと希望が見えたんです。いやその二人が見せてくれたということでしょう。

すべて無惨に壊れている世界で、人間の心までは流されない。ある意味で心というものは弱いけれども、最後に居残る強さがある。

小説の中にお書きになっていたけれども、「水俣病になってよかったばい」という言葉がありますね。

石牟礼　はい。いろんな意味でいわれています。

藤原　あの言葉は、水俣病になることによって人の心に触れたとか、そういう言葉化できるものと、その方の心の中にあるおそらく言葉化できない、その方でなければわからない心情があるのでしょうが、震災によって起きた人の心の化学変化にも共通するものがあるように思うんです。結局、被災があって、人の心がふっと開いて、見ず知らずの人々の間で心の交歓が起きはじめている。被災の直前までは無縁社会なんていわれていたのが、逆に被災によって無縁の者にまで縁ができはじめたという、そういう部分があるような気がするんです。

石牟礼　心が出てきたですね、今度。

藤原　それが天災の地震や津波によるものと、人災である原発問題では様相がまったく異なってしまう。先ほども申し上げたように、天災では人の心のポジティブな面が表れ、人災では憎しみのような人の心のネガティブな面が膨大化する。そして現実に土地を追われた人々を僕は何人も知っていますが、僕は神様のような人間じゃないので、それらの人々に憎しみというネガティブな心が生まれても仕方がないと思っている。仮にその人が、子孫の五体が不自由になったとしても発展が先だと扇動されて原発推進に一票を投じた人であったとしても、同じ加害者とは思えないんですよね。

石牟礼　そうですね。

藤原　これもその流れの中にあると思うんですが、作家の村上春樹さんのスペインでの文学賞のスピーチが話題になりましたが、原発問題に触れ、なぜこういうことになるかというと人間が効率を求めた結果と、あっけなくステロタイプな帰納法でことを片付けています。こういった歪んだ構造を黙認してきた国民にも責任があり、また加害者である、というような高みからの物言いになっている。

Coccoという沖縄の歌手が、福島に行って胸いっぱい放射能を吸いたい、というような歌詞をつくっていますが、本来表現者はそこからはじめるべきものだと思います。

僕はあの直後ちょうどスペインに行ったのですが、ある高校の先生が村上さんのスピーチを読んでいて、それとは別の部分にノーといっていた。彼のスピーチの最後の「今回の賞金は、地震の被害と、原子力発電所事故の被害にあった人々に、義援金として寄付させていただきたいと思います」という部分です。聖書には「右手のことを左手に知らせてはいけない」という、つまり施しというものは他者に知らせるべきものではないという言葉があるという。その言葉は初めて知ったのですが、彼は、おそらく会場にいた多くのカトリック教徒は最後のその言葉に拒絶感を持ったんじゃないかというんですね。それを聞いて自分も気を引き締めなければと思いました。福島に行って何々を施したというような言葉が人との話の中でつい口をついて出てくる。ただ、全世界に向かって賞金を寄付すると喧伝するのはちょっとちがいますね。

石牟礼　ちがいますね。私も読みました。

藤原　ああ、読まれたんですね。どう感じられました？

石牟礼　自分のことを含めて、もの書きっていったい何だろうと考えました。私はずいぶんとぼけているので、もの書きにしかなれなかった。何か手仕事をして、手仕事はわりと好きなんですけど、何かものの役に立つ仕事をやればよかったなと思って（笑）。

そして、作家とかいう者たちはいま何をすべきか、と。津島佑子さんとか島田雅彦さんたちが本を集めて売って、それを赤十字に送ろうって。それから、作家たちは原発をなくする運動を起こさなければいけないのではないか、と。そういう動きもあるんです。それで、メッセージをくれとおっしゃってきました。「花を奉る」という詩（4ページ参照）を書くには書きましたけれども、何か虚しい感じがして。虚しいことをして、何の役にも立たない、自己満足の表現でしかないのではないかと思いましてね。

　何か、人間社会というのはこのように運命づけられていたような気もします。終わりに向かってみんなにじり寄っているというか、後押しされている。それで「一輪の花の力を念じて合掌す」という言葉で結びましたけれど。一輪の花の力を念じるしかないと、『死ぬな生きろ』というお作品と同じようなことを書いたんですよ。しかし、それも現実にはお役に立たないわけですね。それで、私たちは日々どうして生きているかというと、他人《ひと》のために生きているわけではない。自分のために生きているんですね。いまの世の中を見据えるというか、人間のゆく末を一緒に見ていくということしかできない。近代人としての反省としては、海も大地も呼吸をしている。そこにいるものたちは、植物、動物、生きているものは千草百草《ちぐさももぐさ》、全部呼吸をしている。その呼吸を人間の力でできなくさせている。人間しかいたしませんもの。そんなこと。そのことに思いをいたしながら、皆さんと一緒に自滅するか、という感じがしています。

藤原　そのお言葉は、生涯を通じて水俣に関わってこられた一人の作家の言葉として重く受け止めます。

じつは僕は石牟礼さんより少し若いせいもあって多少揺れ動いております。僕は先日自分のブログでこのようなことを書きました。

「ありていに言えばサタン（欲望の増殖炉）の支配する人間社会の趨勢は人間のつくり出したものでありながらもはや人間には止めようもない滅びに向かう『無意識の森』であることを認識せざるを得ない。

そしてサタンそのものである人間はまったく滅びてよろしいと思っている。

それは米粒大のある種のアマゾン赤蛙が絶滅したこととその重みにおいて変わるところはないでしょう。

いや、というよりなるべく早く滅びて、ほかの罪なき百何十万種の生物を、その滅びと引き換えに生かしてあげたい。

飯舘村の地面の上であの水俣猫のように狂い死にする番《つがい》のアリを見ながら切実にそう感じました。

だが動物としての人間はその滅びの渦中で命を謳歌する意識体でもありうる。

そして真と善と美という人間の命の側面は悪の鑢《やすり》によってさらに研ぎ澄まされもす

る。いまある望みです」

その悪のヤスリという思いは以前、僕の読者との対話の中で生まれた意識です。ある時、地方から出て来た若い女性の読者が難題を吹っかけて来た。「インドで核実験があった、それをどう思うか」と問うてきたんです。僕はインドに若いころ長年旅をして、彼らの生活のパラダイムが宗教的なものに依拠していることに共鳴してきたわけです。そのインドで核実験があった。それをどう思うか、という難題を突きつけられたわけです。考えようによってはすごく意地悪な質問かもしれない。

僕はそのときこう答えました。核実験のあったラジャスタン砂漠の一千キロ東のガンジス川では人々は日々家族と世界の安寧を祈って沐浴をしている。その祈りというものは核実験というものによって意味をなくすのではなく、核実験というその悪のヤスリによってますます研ぎ澄まされるだろうと。

そのことは、ベトナムで枯葉剤を撒かれて奇形児が生まれた家族の母親の姿が、まるで聖母のような優しさを湛えているのを見てもそう思いましたね。そのことによって気持ちを荒《すさ》ませるのではなく、苦しみや悪の仕打ちによって、むしろ善や優しさという人間の側面が一層磨かれることもあるのだと、そう思います。

どうも僕はまだ絶望と希望の間を揺れているんです。この福島問題においてもそうですね。

石牟礼　そうですね。この世には大変尊貴なものがあるのだ、と。それは身近にあるかもしれない。そのことに気づいて死ななきゃいけないと思っています。「がんばれ」といわなくたってがんばっておられるわけですから。

人智を越えるような力で、いまのような社会になってしまった中で、健気に生きているものたちがいる。草だったり、小さなミナ（巻貝）のようなものだったり、猫の子だったりしますよね。そして、私は田舎におりますから、山のあの衆たちだったり、海のあの衆だったり。海の中にも龍宮とはちがう海霊の宮というようなものがあるのだと思って。海霊の宮みたいなものがあるから、漁師さんたちも信心深いし。

不知火海百年を語ってください、という会をしていたんですよ。怪我をするまで、わが家でしていました。限られた漁師さんに来てもらって。ともかく海のことをお聞きしたいと思って来てもらっておりましたけれども、いろいろ教えてくださって。

ほんとうかお話かは知りませんが、

「あんな、道子さん、知らんど？　タチウオは頭が三角になっとるでしょうが」

「はい」

「あの三角頭が縦になって立ち泳ぎをすっとばい。そしてお日さまが出なはるころになると、さーっとお日さまが山の端から出なさると、いっせいに三角の頭を波の上に出してな、合掌しよっとばい。知らんじゃったろ?」
　とおっしゃいますから、
「知りませんでした」って(笑)。
　いっせいに海面に三角頭を出して合掌するんですって。祈るということはそういうことだなと思いました。あの衆たちのほうが祈るということを知っておりますね。水俣の患者さんですが、そんなことをおっしゃった人は。
　とてもいい景色ですよねえ、想像すると。

藤原　それはすごいですね。

石牟礼　「あちこちの海面で拝みよる」って。

藤原　立ち泳ぎをするのは知っていますけれどもね。僕は魚釣りをするから。まさか拝むとは思わなかったです(笑)。

石牟礼　集まって拝むって。

藤原　へえ。きらきら輝いてきれいでしょうね。

石牟礼　海面がいっせいに。電気が灯ったのとはちがうけれど、何か海面が、一瞬、荘厳な感じがしますね。

藤原　神話ですね、それは。

石牟礼　神話です。いま水俣は神話の時代に入っている。終末と創世記が一緒にはじまった。どういう神話を残すか。あの原発の地も。滅びと再生がはじまった。人類史の中で劇的にはじまった。そんなふうに思っています。

藤原　タチウオが合掌して拝むということをいわれたのは、水俣病にかかられた漁師さんですか。

石牟礼　はい。杉本雄さんとおっしゃって、奥さんの杉本栄子さんは、「知らんということは罪」とおっしゃった人です。「みんなに代わって病みよる」とおっしゃった。とても仲のいいご夫婦で、何か一言おっしゃるたびに、「なあ、父ちゃん」「なあ、父ちゃん」とおっしゃっていましたけれども、父ちゃんのほうがそうおっしゃいました。「タチウオが初日ば拝みよっとばい」と。

藤原　水俣病が全部落としてくれて、そういうふうに見えてしまうということでしょうね。

石牟礼　はい。暗いばかりじゃなくて、そんなふうに転化して闇を光明に変える。自分をまるまる捧げ物にして、苦難の一生を全部捧げて光明をつくり出しておられる。神話ができつつある世界ですね。

藤原　それはまさに悪のヤスリが心を磨き上げたという、そういうことでしょうね。そういう神話が苦難をくぐって生まれるというのは、一つの光明であり、人間という生物の底力ですね。

石牟礼　はい、光明です。

藤原　この福島の大きな災禍がいかなる年月を経てそのような神話を産むのか、あるいは産まないのか、目の黒いうちはそれを見届けられれば幸いです。

三日目

（2011年6月15日）

書

石牟礼　これは昨日お話しした、津島佑子さんや島田雅彦さんたちの運動のために書かれた詩が載った『熊本日日新聞』のコピーです。私が書いた「花を奉る」は韻文なので近代詩の人たちとはちがうだろうと思って、違和感を持たれるかもしれないと思いながら書いたのですが。

藤原　こういう言葉は、言葉だけできれいですね。意味の前に韻がきれいというか。

石牟礼　こんなようにしか書けませんでした。これがもとの巻紙です。

藤原　巻物の書ですか。お経ですね、これは。

石牟礼　お経です。東京で自作の詩を朗読する会を行なったのですが、私は行けないので、熊本の近代文学館から人が来て映像に撮って、声も伝わるようにして。

まあ、この巻紙は、嘘字ばっかり書いて（笑）。字が書けなくなっていまして、非常にみっともない。

藤原　歳を取ると、字がどんどん下手になっていくんですよ。これがいいんですよね（笑）。どんどん下手になってついに子どもの字になる。

石牟礼　うまく手が回らないですね。とくに病気ですので。

藤原　自由自在に書けるというのは、あんまりおもしろくないんです。不自由になっていくと、すごくおもしろい。俳優の笠智衆さんって、いらっしゃったでしょう。

石牟礼　熊本県出身だそうですね。お会いになったんでしょう？

藤原　ええ、会っていろいろ話をお聞きして。あの方はいつも、何か言葉を書いてくれというと、必ず山川草木何とかと書くんですね。いつもそればっかりなんですけれども、お亡くなりになられる前にベッドの上で書いたそれが素晴らしいんですよ。もう、字になっていない。かろうじて読めるんだけれども、それがいちばん素晴らしかった。自由自在に書けるときはいい字が書けなくて、不自由になるといい字が書けるというのは、不思議なものですね。

石牟礼　不思議ですね。

『死ぬな生きろ』で墨で書いておられる字は素晴らしいですね。

藤原　そうですか。「死ぬな生きろ」という文字はこの本の中で何か所も書いているんですが、この表紙に使ったものがいちばん下手なんですよ（笑）。

石牟礼　いいですねえ。わざと書こうと思っても、こんな字体にはならないですね。

藤原　これだと自分もあたふた生きている感じがするでしょう。「死ぬな生きろ」とひとさまに説教するんじゃなくて、自分もあたふた生きている感じがこの書にはあると思って。

石牟礼　私もあたふたの毎日で（笑）、それで周りにいる人が不必要に振り回されることになる（笑）。いてくださらないと私は困る。

藤原　石牟礼さんの巻物の、墨で書かれた「花」や「涙」という文字、それだけでもう感じさせるものがあります。「魂」という言葉はふつうの言葉だけれども、こういうふうにかすれた墨文字だと、やっぱりちがうふうに感じるんですね。

石牟礼　私は墨と筆って、好きなんですよね。落としたときに滲むというのが大好きで。

　昔の人は巻紙を持って、こうしてかっこよく書いたんだけれども、私は周りにがらくたをいっぱい置いているし（笑）。映像にするとおっしゃったとき、机の上もきれいにして、かっこよく書きたかったんですけれども、手が震えて。だいたい震える病気ですから、書けないんですよ。

藤原　手が不自由になればなるほど、いい字が書けますよ。そういうもんです。

石牟礼　そうおっしゃっていただければ、安心して下手をさらして。

藤原　僕は、いかに下手に近づくかということをやっていますからね。なかなかできない。下手に書こうと思うと、わざとらしくなっちゃうし。自然にそういうところに行けるといいですね。

石牟礼　この巻紙を近代文学館の方がほしいとおっしゃいましたけれども、「書き直してさしあげます」といって、まだ約束を果たしていない。

藤原　書き直すとどんどんうまくなって、だめです（笑）。

もてなし

石牟礼　きょうはよっぽどうどんにしようかと思ったんですけれども、藤原さんが『日本浄土』で書かれていた五島うどんにはかなわないなと思って（笑）。アゴ（トビウオ）で出汁《だし》を取られるとありましたが、アゴというのがこちらにはないんですよ。アゴは北のほうの魚でございますでしょうか。映像で見て、鳥のように飛ぶ魚がいるなと思いました。

藤原　そうですね。不思議とアゴという魚は、飛んでいるときはほとんど透けて見えるんですよ。羽根が透明で、体もキラキラしているから、反射して、透けたように見えるんですね。透明な、カゲロウみたいな魚体がスーッと二百メートルぐらい飛ぶ。あれは魚でも鳥でもない、何か別ものです。

石牟礼　すごいですね、集団で飛んでいるとき。テレビで見ました。鳥の前身は魚だったかもしれないと思った。

これはすじ肉をお出汁にして炊きました。きょうは野菜尽くしにしようと思って。こちらはお出汁に味噌漬けの豚を買ってきてもらってつくりました。

これは豆腐を主にしてイワシのすり身を少し入れた、豆腐の揚げ物です。唯一買ったものです。

お味はどうでしょうか。ゴボウが少し早くあげ過ぎで、ちょっと硬いですけれども、まあゴボウらしい。ニンジンはまるのまま炊きました。

藤原　写真家というのは困ったもんですよね。何でも撮って（笑）。これはタマネギですか。

石牟礼　タマネギとクキワカメの酢味噌あえ。ごはんはおかわりをなさってください。全部おかわりなさってください。

藤原　ごはんにエビが入ってる。エビとチリメンジャコ。

石牟礼　初めてこんなのをやってみたんですけれども。チリメンジャコと桜エビを椿油で炒めて。

藤原　椿油ですか。

石牟礼　はい。わが家に昔、椿の木がたくさんあったときは、椿の実を集めて油を搾ってくださるところに持っていって、椿油を一升瓶に十本ぐらい持ってきて、いちばんにその日は天ぷらをしようと思って待っていたんですよね、母は。
藤原　椿の木は何本ぐらいあったんですか。
石牟礼　五、六本。大きな木が。椿が森のように大きくなっていました。
椿の下に寝かせられていると、蜜が降ってくるのがわかるんですよ。蜜が霧のようになって。椿の花の蜜が。それで息苦しい。花がびっしりついて。その下に寝かせられて、母は畑をしている。そうすると息苦しかったのを憶えています。
藤原　甘い香りみたいな?
石牟礼　甘いというか、芳香もありますから、何とも……。椿の花の精にふうっと息を吹きかけられているような感じだった。
藤原　そうすると、一歳か二歳ぐらい?
石牟礼　二歳ぐらいでしょうね。
藤原　いちばん感受性が強いころですね。
石牟礼　そうですね。どうぞ召しあがってください。
藤原　じゃ、いただきます。
石牟礼　ごはんが、どうでしょうか、混ぜごはんとも炒めごはんともつかない。
藤原　椿の油を少し混ぜて?
石牟礼　椿の油で最初に桜エビとチリメンジャコを炒めました。それにほんの少しニンニクの粉を入れて、タマネギをみじんに刻んで炒めて。サバの無塩《ぶえん》ずしをするつもりで、昆布を入れてごはんをたくさん炊いていたんですよ。でもきょうはいいサバがなかったもので、昆布を入れたごはんの中に、これを混ぜて。炒めるにはフライパンが小さかったので、混ぜごはんみたいにして蒸しておきました。

藤原　甘いですね、ほんのり。

石牟礼　甘いですか。それはタマネギの味でしょう。お砂糖っ気はありません。

藤原　優しいお味でおいしいです。これと漬物があればいいです。これとこれで十分です。

石牟礼　その漬物は私が飲んでいる大根の蜜漬け。喉がいつも嗄れるので。その大根に柚子酢をかけました。蜂蜜の味が基本に。ちょっと酸っぱいですか。

藤原　おもしろい味です。椿の実というのは、どうやって収穫するんですか。

石牟礼　椿の実というのは硬い実なんですけれども、その中に種がある。その種を集めて搾るんですね。蒸すか何かして、圧縮機にかけて油を搾り出すんです。

藤原　ビワの種に似ていますね。

石牟礼　よく似ています。外側にはザクロの形のような分厚い皮をかぶっていて、その中にビワの実みたいなのが四つぐらい入っています。落ちるとぱっと割れて。硬いので「かたしの実」といって、「かたしの実を拾いに行く」といっておりました。拾い集めて自家用の油にするんです。髪につけたり。髪を洗うあがりに一滴垂らして、いまでいえば洗いあがりにリンスをしますでしょう、あれを椿の油でやっていました。椿の油の天ぷらというのは最高。だから油が来る日は、うちは天ぷらでございました。

藤原　そうですか。僕は椿というと頭につけるものと思っていたから、料理というのは初めてですね。

石牟礼　料理に使うというのは大変贅沢なもので、お客さまのときに椿の油で、その日一日、油が来た日だけ一日は天ぷらで、いろいろなものを揚げていました。

これも野菜尽くしでございます。豚も入っていますけれども。ズッキーニとネギとナスと。青い皮がついているのがズッキーニ。

こちらもおいしゅうございます。なまタマネギですけれども。水俣の特産です。

藤原　おいしそうだ。僕はタマネギがものすごく好きなんです。

石牟礼　あら、よかった。

藤原　僕はインドが長かったでしょう。そうすると、カレーはタマネギをかじりながら食べるのがほんとうなんですね。

石牟礼　タマネギのなまをですか。

藤原　タマネギを丸いままかじりながらカレーを食べるんです。それが向こうのやり方なんです。だから、タマネギが僕はほんとうに好きなんですね。

石牟礼　これはどうやってつくり出したのか、サラダタマネギといって、なまで大変おいしいタマネギを水俣の農家がつくり出して、いまは有名になりつつあります。ブランド品になりよります。

藤原　石牟礼さんは、食べ物でお嫌いなものはないんですか。食べられないものとか。

石牟礼　食べられないというのはありませんね。ただなぜか、ハナカンランの緑色の、あれは何といいましたかね、ブロッコリーですか。ブロッコリーの花の蕾がいっぱい、あれを口に……あれは何だか苦手です（笑）。茎のところは食べるんですが、花の蕾がいっぱいというのが、何だか抵抗がある。ブロッコリーの白いのをハナカンランといいます。

藤原　カリフラワーですか。あれは蕾ですか。

石牟礼　蕾でしょう？　あれが生長すると菜の花みたいになるんじゃないでしょうか。

藤原　じゃ、菜の花もだめですか。

石牟礼　菜の花は、花が少ないから（笑）。

藤原　僕はだし巻き卵が好きで。おやじが調理していたでしょう。だから、だし巻きをつくるときの混ぜる音が聞こえるとすぐ走っていって待ってて。そうすると、できあがった端っこをぽいとくれたんですよね。それがおいしいものだから、自分でつくればいつでも食べられると思って、小学校三年のときにひとに隠れて一生懸命つくってたんですよ。そうしたらなかなかできなくて、それでおやじに習って、何とか小学校三年でだし巻きができるようになったんです。

石牟礼　大変なことですね。だし巻きって、つくり方が微妙に、まちがうといけませんものね。どこでまちがうか、その境目がわからない。玉子焼きほど、やさしそうでむずしいのはないです。

藤原　だし巻きは微妙ですからね。最近、電力会社がガスを追い出すためにオール電化といって電磁波のプレートが使われるようになった。いっぺんあれでつくったら、全然だめですね。鍋をつけないと発火しない。鍋を上げるとスッと切れるんです。だから遠火ができないんですね。

石牟礼　私も子どものころからお料理には興味がございました。キビナゴを大人たちが、「おびく」といいますけれども骨をとるのを指先で上手にやっているのを見ていて。頭を最初にこうとって、一緒にはらわたがとれるようにしなきゃいけない。頭をちょん切らないで、頭につけてはらわたをとらなければいけないんです。それをやったあとで、方角を変えて今度は、身と身の間に背骨があるでしょう、その背骨を二本の指で上手に外すんですよね、大人たちは。それをやりたくてやりたくて、ある日挑戦しまして。

むずかしいんですよね、子どもの指には。十匹ぐらいようやく、何時間かかかって、お皿にのせて、夕食のときに、私がこさえたといって。親たちは見ているわけですね、やる途中を。そしてしばらく箸を出さないんですよね。しばらくみんなで眺めている。それで私は冷や汗をかいているんですよ。ほめられるかな、どうかな、と思って、でも、なかなかほめてくれないな、と。そうしたら父が、「道子がこまんか指でおびいてくれたけん、ごっつぉになろ」といってくれて、みんなが何ともためらったような顔をしながら食べてくれたのはよかったんですけれども、自分でも最後に食べてみたら、水の中に長く置いていたもんで、水ぶくれしているんですよ（笑）。あれを何といいますかねぇ。その状態を。

藤原　ふやけた。

石牟礼　そう、ふやけとるわけですね。「道子が、こまんか指でおびいてくれたで、ごっつぉになろ」って（笑）。そのときは子ども心に大変恐縮いたしましたですよ（笑）。親が無理してほめてくれているとわかって。いまでも思い出します。おびくというのが、いかにむずかしいか。すっと右左に分けて背骨を取るんですよ、指を動かすだけで。包丁でお刺身になんかできないですよ（笑）、キビナゴは。

藤原　そうですね。カタクチイワシなんかもそのようにします。

石牟礼　しかし大変な知恵ですね。指の先で骨をとるんですから。尻尾までこうやって、そしてこう下げて、ぽっと尻尾の手前で折って、生の小さな細いキビナゴの骨をとるんですね。きれいにできますよ。いまならまだできるかもしれない。指は退化しましたけれども。

何でもやってみたがっていました。

石牟礼家の食卓

藤原　石牟礼さんの子どものときのふつうの食卓というのは、どんなだったですか。
石牟礼　子どものときの食卓は、うちはお客さまが多くて多くて、いつもどなたかお客さま――「お客人」といっていましたが――お客人がいつもいらして、母が、田舎料理ですけれども、お野菜類をたくさん、ハイカラ料理ではありませんけれども、白和えとかお煮しめみたいなものとかをつくっていました。
母がつくっていた手打ちうどんをやりたいんですけれども、やれない。手打ちうどんのことを「押し包丁」となぜかいうんですよ。私は小さいときから母の真似をしてやろうとしていました。
うちには一枚板の食卓があって、父が「これは一本の木でできた一枚板だぞ。もとはふとか木じゃったぞ」といって、その日は食卓の上に何ものっていない。そこは、うどんをのばすのに使う。その押し包丁の日は大変うれしくて。

藤原さんのご著書に、五島は椿の油をつけてのばしなさると書いてあったので、「あら、やっぱり」と思って。

藤原　確かに南のうどんは油を使いますね。沖縄でもやっぱり油を使うんです。

石牟礼　油をつけると、切ったときにくっつかないですね。最初にお鍋に入れるときに粉をふりはらって、沸騰したお出汁の中に入れるんですけれども、そのおつゆごといただきます。冬はあったまるんですよ、熱くて。なかなか冷めない。お出汁にはアゴじゃなくて、ベラを使いましたけれども。

藤原　赤いほうの魚ですか。

石牟礼　赤い魚で、青や緑の筋が入っている。

藤原　あれは、雄のほうが青い筋が入っているんですよ。赤いのは雌です。

石牟礼　その両方を釣っていました。昔は囲炉裏でございましたから、いつも囲炉裏端にそういう魚たちの串がぐるっとあって、自然に火力で乾くようにしていました。それは「押し包丁の日」のためにとっておくんです。その出汁でないとだめって。

藤原　ベラの出汁？　初めて聞きました。

石牟礼　はい。ベラはお煮つけにしたって、おいしくない。ちょっとイメージわかないでしょう？　鱗がコイみたいですから、鱗を取るのはむずかしいですよね。

藤原　鱗は大きいですね。

石牟礼　鱗が大きくて硬い。それにぬめっとしているでしょう、全体に。それで腹だけ出して、炙るんですよ。何日もかけて燻製みたいにする。それをお出汁にして。お客人がありますから、何か酒の肴になるものをしじゅうつくっていましたね。

藤原　それはいいことを聞きました。沖に行くとベラがしょっちゅうかかるんですよ。だからあまりたくさんは釣らず、せいぜい焼いて食べるくらいです。ベラのお出汁はおいしいですか。

石牟礼　大人たちがおいしいというから、おいしい気持ちになって。

藤原　確かにあれは身がやわいから、焼いて燻製にしたほうが身がしまっておいしいかもしれませんね。

石牟礼　はい。あれを煮つけにするというイメージは、どうもぴったりこないですね。お刺身もおいしくなさそう。

藤原　そうです。まずいです。水っぽくて。

石牟礼　やっぱり。そんな感じがしました。うちではいたしませんでした。

藤原　ぬるっとしますからね。

石牟礼　はい、ぬるっとしていますから。

藤原　ただ、焼いて食べたら、そこそこおいしいです。
石牟礼　その炙ったのを煮つけにすると、まあおいしい。そんなに大量に取れませんから、釣ってきた人が「食べていただけんじゃろか」と持ってきてくださったりすると、父が喜んで串に刺して炙っていましたね。
藤原　ベラというのは岩場の魚ですから、網では取れないんですよね。釣りでないと取れない。
石牟礼　磯にいるみたいですね。
藤原　ええ。磯にいるから網だと取れないから、あんまり大量には取れない。ベラが取れるということは、磯がけっこうあったということですね。

手仕事

石牟礼　渚には潮を吸って生きている木や草がありますよね。葦《あし》だとか、いろいろな植物が潮を吸って生きているんですよ。真水と潮水が混ざり合うところに、特殊に生える植物があるんですけれども、それで、渚の音はやさしいですよね。それを護岸工事をしてセメントに、何でしてしまったんだろうと思います。波の音は風情のない、どたんどたんと聞こえて。日本列島の外側全部そうやったんでしょうか。

藤原　日本国中、結局、土建屋が全部、海や川を変なふうにいじくりまわした。それで経済を回せばいいという。お役所が決めた仕事なんだけれども。よく不思議に思うのは、お役所の人もかつて子どものころに海や川で遊んでいたはずでしょ。その人たちが大人になって、そういうものを簡単に壊してしまう神経というのは、わからないですね。

石牟礼　私の父はセメントブロックをたいそう憎んでおりましてね。世の中だめになるといっていました。堕落したって。加藤清正を神様のように思っていて、「熊本城ば考えてみろ。セメントブロックであの石垣にしたら、どぎゃん見苦しか」って。石工の仕事が少なくなったこともあるんでしょうけれども、セメントブロック工事をするのは浅知恵じゃと、たいそう敵意を持っていました。

石工だけじゃなくて、手仕事をしなくなりましたよね、男も女も。手で考えるということがあるんですよね。私、小さいとき、大工さんの仕事に憧れて。鉋をシューッと引かれると、ヒラヒラ、ヒラヒラヒラッと、木が美しい鉋屑になって、それを大切にもらって帰って、箱に入れて大事にして、ときどき開けていました（笑）。大きくなったら大工さんになるんだと思っていた時期がありました。

藤原　へえ。おもしろいですね。

石牟礼　そして左官さんが壁を塗られるのも、見るのが大変好きで。息を詰めてなさるでしょう。見ているほうも息を詰めて（笑）。壁の面に目をくっつけて、まっすぐになっているか確かめなさるんですね。そろーっと行って、こうして見て、まっすぐなっているかなと思って（笑）。

藤原　それを想像すると、変なかわいい子（笑）。

石牟礼　変な子でしたよ（笑）。

藤原　すっかり職業をまちがえましたね（笑）。

石牟礼　ほんとですね（笑）。

藤原　この前、千葉のほうの年寄りの大工さんがいっていたけれども、建売住宅造りにやとわれて屋根の梁《はり》をつくるとき、膞《ほぞ》を切って叩くでしょう。ガンガン木槌で叩いていって組み合わせる。雌型と雄型に入り込みがっしりとするでしょう。それをやっていったら若い衆に怒られた、と。「こんな固くつくっちゃだめだ」といわれて、機械でつくったのを見たら何もしないでもスポーンと入っちゃうんだそうです。締めていって入れるのが昔のやり方だけれども、いまはスカスカでポコンと入るだけなんだって。「若いのに怒られちゃったよ」って（笑）。

石牟礼　木というのは収縮したり膨張したりしますからね。父は、「宮大工になれば釘一本使わずに寺を建てるんだぞ」といっていました。すごいですね。

藤原　小さいのに、そういう手仕事をよく見てた。

石牟礼　はい。見ていたんですよ、そばで（笑）。髪結いさんの、女郎さんたちの髪ができ上がっていくのも。よう追い出されなかったと思って（笑）。「もうお帰り」っていわれそうなものですけれども、いわれたことは一度もない。あんまり一生懸命見ているから（笑）。

藤原　石牟礼さんの書かれているのを読むと、『椿の海の記』でもそうですが、情景がわっと見えるんですね。だから、目が最初にあったんですね。いまおっしゃったのを聞くと、何でも見ている。目から入ってきて言葉になっている。

石牟礼　目から入ってきますね。

藤原　それは僕もちょっと似ているんですよね。目で覚えてしまって、それを言葉にしている。

お遍路

石牟礼　私が水俣を離れるときは、ちょっとお遍路に行きたいと思っていて、とうとう行けなかったんですよ。それで、水俣のチッソの、「会社病院」といっていましたけれども、その院長先生がとてもいい方で、四国の方で、お亡くなりになる前はお帰りになっていらっしゃいましたから、お訪ねしていって。二へんほどですけれども。ご病気でいらっしゃいましたから、「いま書いているのが上がったらお遍路に行きたいと思っています。そのせつは一夜のお宿をお願いいたします」と申しましたんですよ。そうしたら、「お待ちしていますから、必ず寄ってください」とご夫婦でおっしゃって。できないうちにお亡くなりになってしまわれましたけれども。

藤原　お遍路に行きたいと思ったのは、どういうお気持ちからですか。

石牟礼　うちに金剛杖というのがありまして、それは家族が四国に行った記念の品です。

藤原　どなたが行かれたんですか。

石牟礼　祖父が。祖父が三人の姉さまたちと四人で行きました。天草から。人生最大の行事のような雰囲気で話しておりましてね。

藤原　お伊勢参りもそうですが、昔の人はそれが一つの大きな行事みたいなもので。
石牟礼　そうですね。その日のために生きていたみたいな感じで話しておりましたね。それで、ぱらぱらと開くとつながっている御詠歌集がたくさんありました。学校で習ったことのない変体仮名で書いてあるので、読めなかったですけれども、小さいときには。
　それと白い巡礼着に判《はん》コがたくさん。どのくらいのお寺を回ったか判コをもらって、背中に幾重にもべったり判コをついてもらって。金剛杖といっていましたけれども、杖をつきながら回って、その杖にもいっぱい書いてありました。うちでは宝物のようにしてありました。「四国へ行ったときの宝物」といって。
藤原　水俣の人で四国を巡礼する人はけっこういたんですか。
石牟礼　あまり聞きませんですね、ただ、巡礼さんを大切にする土地ではありました。門口に立たれると、「あら、巡礼さんだ」と思って、「はよぅ米ば持っていってあげ申せ」といって。子どもの役目でしたね、お米を捧げるのは。大人がさしあげると門口に立った人が気をつかうだろうから、子どもに、「ていねいに拝んでからあげ申せ」といって。そういう人たちの遇し方を親が教えるんですね。
　だけど、あるとき、雪の降る日に親子の巡礼さんが来て、そのときはお米じゃなくて、お金だったんですけれども、お金をさしあげようとしたら、母親の後ろに私と同じぐらいの女の子が隠れたんですね。母親の腰にすがりついて。それで、せっかく出したお金をとりそこなって、あげそこなって、チャリンと雪の道に落ちてしまって。そのときは何ともいえない、拾ってあげるべきか、拾ってあげるとその子と目が合うような気がして、大変困りました。私のほうが泣きそうになった。

寒い日にね。「どこの橋の下に行って寝なはるか。この寒いのに」と母はいっていましたが。「ああいう人たちが橋の下にいなさる」って思っていたんですよ。

そういえば先日まで、鍋や釜をいっぱい寄せた、二所帯と思える人が熊本の橋の下にもおられました。今度の雨でどうなったかと。流されたにちがいないですよ。

藤原　その親子というのは、巡礼じゃなくて、乞食？

石牟礼　はい。乞食さんでしたが、巡礼さんと乞食さんを区別はしなかったです。すぐわかるんですけれども。それと、半分盲目の瞽女《ごぜ》さんがよく回ってきて。母は、「必ず、手ばあわせてから、さしあげろ」っていつもいっていました。

海洋汚染

石牟礼　藤原さんは漁村をお回りになって、天草にもいらしてくださって。魚がいなくなっているわけですね、水俣だけではなくて。

藤原　そうですね。もうこれは、ここ十年十五年、世界各国を回っていると、魚が獲れないというのは日本だけじゃなく全世界的な現象です。

石牟礼　どういうことでしょうか。

藤原　漁村に行って漁師の話を聞くと、二十年前のいいときの話ばかりです。

石牟礼　どういうことかなと、考え込みました。水俣ばっかりかと思っていました。水俣界隈。あの護岸工事がよくないんじゃないでしょうか。

藤原　護岸工事もそうですし、船底につける塗料の毒が溶けだして、岸の藻とか貝類が少なくなって、そうするとそれを食べて育つ魚もいなくなっちゃうし、いろいろなことが複合的に重なって海の体力である微生物が減っている。

石牟礼　地上からの毒もどんどん行きますからね。洗剤とか食品添加物や農薬とか。

藤原　いろいろなことがめぐりめぐってやってきますからね。

　僕は海で釣りをずっと何十年もやっているけれども、昔のほうが濁りがあったんですよ、海に。海をあまり知らない人は、海が澄んでいるときれいといって喜ぶけれども、あんまり澄んでいると生物がいないんですね。プランクトンも少ないし。だから、きれいというのは必ずしもいいことでもないんですね。

今回もまた、放射能をどんどん海に垂れ流して、海洋汚染の仕上げをやっているようなものです。海の底のアイナメとかカレイとか、ああいう魚まで汚染されてきているんです。

石牟礼　アイナメって、どんなのですか。

藤原　アイナメは、やっぱり磯魚で、大きいやつは五十センチぐらいになりますけれども、丸太ん棒みたいなやつで、赤茶色ですね。これは磯の際《きわ》にいて、僕はあんまりおいしいとは思わないんですが、アイナメ釣りはおもしろい釣りなんです。放射能を垂れ流したとき、最初はキビナゴとか、ああいう表面の魚が汚染されたでしょう。いまはもう底まで来ています。この前アイナメから何千ベクレル出たという話を聞いたときに、魚のことを知らないとわからないけれど、これは底まで行っているんだなと思って。僕は千葉で釣りをしているけれども、釣りもなかなかむずかしくなってきました。

石牟礼　今朝のニュースで、どこだったかな、アユが一万匹、拾い上げたら死んでいたって。有名な川でした。金沢の川だったかな。

藤原　一万匹？

石牟礼　一万匹といっていましたよ。岩に引っかかって引っくり返ってお腹を出しているのが、テレビで映りました。

藤原　そうですか。このアユですが、なぜか結構、高濃度な値が出てしまうんです。
石牟礼　原因はわからないといっていました。
藤原　この異変というのは、因果関係を見つけるのがすごくむずかしいでしょう。
石牟礼　むずかしいですね。
藤原　こればっかりは、水俣病より因果関係をつきとめるのがさらにむずかしい。ほんとうにやっかいですね。
石牟礼　原発は五十何か所ですか、日本全国で。
藤原　十七か所で五十四基です。
石牟礼　次々に寿命が来るでしょうから。一か所で大騒動しているのが次々に壊れていけば、どうするつもりだろうと思いますね。だって、触れただけで鉛の管が溶けて薄くなるって。水道の通り道になるのが薄くなって、壊れるといいますから、どんどん薄くなっているんじゃないでしょうか。いっせいに日本列島で壊れはじめたら、どうなるんですかね。一か所だけを考えてみたって、たくさんで蓄積していきますからね。蓄積して拡大していきますから。イタリアでは拒否したというけれど……。
藤原　これはもう、一か国がどうしたって解決できる問題じゃないですね。
石牟礼　できませんね。
藤原　チェルノブイリのときにも、日本から八千キロ離れているのに放射能が来ました。三重のお茶に二五〇ベクレル出ていたものを生協が缶詰にしたものがあるんです。かなり貴重品ですが（笑）、それを二缶所有してます。あのとき地球を一周して、もう一回来ているんです。最初に来たのが二五〇ベクレルで、その空気がまた一周して来て。地球をずっと回っている。

石牟礼　今度は日本から出ていって、各国に影響を及ぼすわけですね。

藤原　これはすでに出てしまっているから根本的な解決策はなかなか見つからないと思います。結局、その条件の中で生きていかざるを得ないということでしょう。空間線量が、どこへ行っても浮遊しているわけですから。そういう閉塞の中で、じゃどういうふうに生きていくかという、それを選ばざるを得ない。ただ日本人というのは危機に直面しても安全だと思い込むというか、自分をだまして危険回避する性向があるらしい。津波で大勢の人が亡くなったのも、この安全と思い込むバイアスがかかったからといわれます。今回の放射能問題は目に見えないし痛くもかゆくもないから、そのバイアスがさらにかかりやすくなっているんじゃないでしょうか。

石牟礼　二五〇ベクレルといっても、体や自然にどう作用するのか、まるでわかりませんし。どういう基準になるかもわかりませんよね。

商売下手

石牟礼　私の本の読者という若いご夫婦が、京都で「KARAIMO BOOKS」という古本屋さんをしていらしたのですが、赤ちゃんが生まれ、今回の放射能のこともあって熊本でお仕事をしたいと相談されたんです。それで、いろいろ考えましてね。天ぷら屋さんみたいなのはどうかとか。カライモの天ぷらを。こんなに厚くして天ぷらにすると大変、お菓子なんかよりもずっとおいしいもの。もう食べ飽きていたカライモが大変おいしく、そういうのを売り出したらどうかなと思ったり（笑）。

でも、私は商売になると、とんとよくわからないんですよね（笑）。何をしても、いままで失敗しましたから。担ぎ屋もなるつもりでやってみたけど、だめだったし（笑）。

藤原　担ぎ屋って何ですか。

石牟礼　闇米を担いでくることを「担ぎ屋」といっていたんですよ、終戦直後。子どもがもうできていましたけれども。水俣のイワシを一晩塩水に漬けて、あげて、一夜干しみたいにして、雫が垂れないようにして持っていく。鹿児島と宮崎との県境に、いまはなくなりましたけれども山野線という一両きりの汽車がありまして、それに乗っていく集団がいたんですよ。そして米とイワシと換えてきて、それを闇で売る。ときどき検査があって、警察にばれると持っていかれる。闇米だから。それに誘われて行きましたけれども、全然だめでした（笑）。

藤原　だめって、どういうことなんですか。売れなかった？　つかまっちゃった？

石牟礼　つかまらなかったですけど。隣のおばさんから誘われて行ったんですけれども、「ならここで」といって隣のおばさんが行ってしまったら心細くて（笑）。そこに大きな桜島大根の畑がありましたので、それに見とれて（笑）。そして、すぐそばに沢が流れていて、ふと見ると、きれいなかわいいサワガニがズラーッと行列して行きよるので、それにも見とれて。「あら、イワシば換えんといかんとだった」と思って農家を探すけれども、なかなか見つからない。そして、「ごめんください。水俣からイワシば持ってきましたけど、米と換えていただけないでしょうか」というのは大変むずかしい（笑）。それでうろうろして隣のおばさんに見つかって、「道子さん、米は手に入れたな？」といいなさるから「まだですけど。桜島大根のこぎゃんふとかのがありました」とか、カニのこととか話すと、「こらあ、いかん」と、おばさんが私のイワシをひったくって、たちまち米に換えてきてくださった（笑）。それで「道子さんな、もうだめ。警察の人が来るかもしれんけん、番しとんなはる。ここにおって」といわれて、番をする係になったんです（笑）。

それで化粧品も売って回ったりして。売ることはできるんだけれども、お金をいただく段になるといえないんですね、幾らですって。あれ、むずかしいですよ。よっぽど気合いで、気迫で、最初の第一発であれができきんとだめですね。あと、ヘニャヘニャヘニャとなる（笑）。商売に向かないです、私。大工さんどころじゃない。

お化粧品も、多少絵心があるので、絵を描くつもりでお化粧してさしあげるでしょう。だけど、「お金はこの次でよかな」っておっしゃるんですよ、お客さまが。そうすると「はい」といってしまう（笑）。

当時はお金がなかったんですね、穀倉地帯にも。お金で魚を買えないから、米で魚を。

藤原　イワシはけっこう腐るのが早いでしょう。そうでもないですか。

石牟礼　イワシがとくに早く腐るわけではなくて、塩加減で。塩漬けして、それを二日ぐらい干すと、またちがう製品になりますね。

藤原　ああ、塩で干したやつですね。

石牟礼　はい。でも、私を連れていったおばさんたちのグループは、一夜干しでしたね。うんと濃い塩水に漬けて。雫が垂れないように一夜干しして。

イワシはおいしいですよ。私はイワシで育ったようなもんです。

草の祖

石牟礼　二年前、ここの入口で倒れて大腿骨と腰椎がこんなになって。そこの扉のところで転んだんですよ。それから気絶したんでしょうね。二か月半ばかり記憶がほとんどない。憶えがないんです。病院に行ったことも、手術をしたことも。回復期に入ってから、ところどころ思い出しますけれども。

その前にパーキンソン病にはもうなっていましたから、雲の間を行くような感じでございました。もう倒れる、あしたは倒れる、きょう倒れると思っていましたけれども、案の定倒れた。そのときは雲と雲の間に足を突っ込んだような感じでございました。倒れたときは一瞬でしょうけれども、そのときの感じは、千仞《せんじん》の谷に向かって落ちていきよるという、ある時間があったんですよ。足の裏を上にして落ちていきますから。左の足の裏の、あそこは何といいますか、アキレス腱というのかしら。足首の裏側のところから左のほうへ、何かフワフワ、フワフワと、飛んでいったんです。あれは私の魂だったんでしょうか。飛んでいったんですよ。フワフワ。鳥じゃなかったです。蝶のようなもの。沖縄では蝶を「ハビラ」といいますよね。アヤハビラという。沖縄の方言で。そのハビラのようなのが、怪我をしたほうの左の足首のところから横ヘフワフワと飛んでいった。何か、逃げ出した感じ。私から逃げ出した。

　そして、その次に意識したのは、思い出しますのは、細胞というか、遺伝子の元祖たちがいる森へ行ったんですよ、そのフワフワが。だんだん蝶のようなものになっているという意識が出てきて、それが水俣のある漁村に似ているんですけれども、森があって、それも太古の森ですけど、右側は海で、海風が吹いてくると、森の梢、木々や草たちが演奏されるんですよ、海風に。何ともいえない音の世界が……五線譜にはとらえられないような。

「草の祖《おや》」という言葉が出てきました。草の祖。祖先。そのようにいったほうがいい。元祖の細胞だか、元祖の遺伝子だかがいる森なんですよ。そこが海風に演奏されて、木の梢がいっせいに震えると、何ともいえないいい音楽が。「幻楽始終奏」というふうに名付けていましたけれども、草が何ともいえずなよやかな音になって動くんですよね。花はまだなかった。草の祖。それは私の親たちという気持ちでしたね。その音楽が。それが眠りに入るときも、目がさめるときも、何か思いついて夢想が始まるようなときには必ず、鳴るんです。演奏される。海風がふうっと吹いてきて。やわらかく吹くときも強く吹くときもありますが、必ず原初の生命の森が……。

　それで、魂の秘境に行っているような、この世の成り立ちをずっと見ているような、そんな音楽が聞こえて。二か月半ぐらいつづきましたね。

藤原　二か月半は長いですね。極楽浄土じゃないですか（笑）。

石牟礼　長かった。大変幸せでした。痛みなんか全然感じない。いまごろ痛みが出てきているんですけれどもね。その音楽は消えちゃった。あの音楽がよかったなと思って。入院していたときですけど、お見舞いのお客さまが見えたりすると、ちゃんと応対していたそうです。でも憶えてない。

藤原　その音楽が消えたのは、どういうきっかけですか。

石牟礼　ある日ふと気がついたら、音楽が聞こえない。「あら」と思って。それから日常のことが記憶されはじめて。あれを楽譜にはできないですよ。ピアノも単音でしか弾けませんから。

藤原　現実が戻ってきたというのは、いつごろですか。

石牟礼　三か月ぐらい経ってからでしょうかね。

藤原　ということは何月ぐらいですか？

石牟礼　七月ぐらいでしょうか。

藤原　去年ですか？

石牟礼　一昨年です。それからぼつぼつ憶えていますね。何か大事なものを預けてきたような気がします。ご褒美のような。怪我をした代わりに、長いこと生きてきてご苦労さまでした、という意味かなと思って。元祖細胞のところへ連れていかれて、それがまあ、美しい音色でしてね。その音楽を再現できない。

藤原　でも、いい音楽だったなという記憶はあるんですね。

石牟礼　はい。いままで聞いたうちではいちばん印象的だったのは弦楽器の低音でしたが。日によって鳴り方がちがうんです。海風を受けて梢で揺れる葉っぱの大きさとか形とか、一本一本ちがいますでしょう。梢が演奏されるときは高音でしたね。梢がいっせいに震えるときは。

藤原　僕の写真集に『風のフリュート』という写真集があるんです。アイルランドに行ったとき、西のアイルランドだと、すごい絶壁なんですね。土地も痩せていて、ごろた石をたくさん積み上げて風を遮って、風の来ないところでジャガイモとかを耕している。その石積みが荒っぽいものだから、穴がたくさん空いているんですよ。風がビューと吹くでしょう。そうすると穴から、小さい穴から大きい穴から、音がフルートみたいに聞こえてくる。それを聞いて『風のフリュート』というアイルランドの写真集をつくったんです。

石牟礼　石も鳴るでしょうね。

藤原　いろいろな穴があるでしょう。それがすごくきれいな音楽です。

石牟礼　そういう音が、いまはなくなりましたね。

藤原　ないですね。

石牟礼　大自然が奏でる、音楽の最初の始まりみたいな。そのような日常の中にかつて生きていたんですよね、私たちは。意識せずに。

藤原　いまでも耳を澄ませば鳴っています。そういうものに意識を向けなくなっているということもある。

石牟礼　通奏低音というのか、生き物たちが呼吸をしている音とか、海風に鳴るとか、巻き貝たちが人の足音に驚いてミシミシミシミシと音を立てて転がり落ちる音とか、ナマコやウミウシが砂地の上で呼吸をしているとか。

藤原　ナマコ、音がするんですか。

石牟礼　音がしてましたよ。

藤原　さすがにナマコの音は聞いたことないな。

石牟礼　ナマコは海の底にいるんですけれども。窪みがあるんですよね、遠浅の海でも。岩の陰に窪みがあったりすると、ナマコとかウミウシが這っていて、人が近づけばピクッと岩のほうに這っていく。色を変えたり。色を変えるでしょう？　七色に変わるといいますけれども、何とかというでしょう？

藤原　擬態？　擬色？

石牟礼　ああいう生き物たちと遊ぶことができたんですよね。ウミウシはちょっと怖かったのですが。

いまでも朝早くスズメたちが、スズメだけじゃありませんけれども、鳥たちがまず目をさまして、朝、鳴き交わしていますけれども、それを見ていると、スズメとスズメが、何かしきりに小首を傾げあって、語りあっているんですよね。それを見ると大変かわいい。私も入りたくなって。仲間に（笑）。そこの物干し棹の上で、一羽は高いところにおって、何か朝おしゃべりしていますよ。何をしゃべっているんだろうと思いますね。

藤原　あそこの田んぼにはそろそろ稲を植えはじめたとかいっているんですかね（笑）。

石牟礼　なんか町の様子を語りあうとか。夕べの出来事を。スズメも夢を見るのかもね、と思って。夕べ見た夢とか（笑）。かわいいですよ。首を傾げて。三羽ぐらい来てやっているのを見ると、よくわかりますね。だいたい想像がつきますね。一羽一羽傾げ方がちがいます。何か話しあっているんですよ。それが近ごろぱったり来なくなりました。あれはどこへ行ったのでしょうか。

大地の息

藤原　その森から戻ってきて、音楽が消えて、また世の中が否が応でも目に入ってくるでしょう。どうですか。

石牟礼　味気ないです。幸福だったなと思います。あの音楽に包まれていたときは。

藤原　やっぱり石牟礼さん、最後まで見届けなきゃいかんと神様がいったんですよ。

石牟礼　ハハハ。帰ってこなくてよかったのにと思ったりして。何か意味があるにちがいないと思ったら、ドシンときた。

藤原　ここも揺れました？　少しは。

石牟礼　いえ、そのときは揺れませんでしたが、前後には地震がありましたね。最近も。そして、テレビでいっていたけれども、熊本県は地震の巣ですって。阿蘇山がありますから。阿蘇の第一火口の、あれは何で測るのかな、爆発する目盛りがあるでしょう。何度まで行ったら爆発するという。それがだんだん高くなってきているといっていました。でも、ここにきのう見えた渡辺京二さんがおっしゃったけれども、タクシーの運転手さんが「熊本は大丈夫ですばい」というんですって。「ふーん、大丈夫ですか」とおっしゃったら、阿蘇山というのは何万年か前大噴火をしているわけでしょう、「それに、いまも煙を噴き上げよるけん、穴のほげとる。何とかプレートにその穴から通じておる。じゃからたぶん大丈夫ですばい。熊本には大地震はきまっせん」という。運転手さんの間では、そういう話がある。それで、「運転手さんがそういったから、大丈夫ですよ」っておっしゃった(笑)。たまっているものが噴き出す穴があるから、大丈夫だというのは、一理ありますよね。

藤原　確かに一理ありますが、それも安全と思いたいバイアスの一つかもしれません。

石牟礼　エネルギーがそこから噴出する。爆発点に達しない前に抜け道があればね。そう思いたいけど。

父が「コンクリートの何のと堕落してしもうて。ろくなことはなかぞ。いまの世の中は」といっていました。「春の小川」という歌がありますが、小川という小川は、ボウフラのわくドブになってしまいましたよね。大地を呼吸できないようにしてしまって。みんなで寄ってたかって。

近代というのは、非常に簡単にいえばそういうことですよね。息ができないようにしてしまったので、大地がふうっと深呼吸したんだろう、それが大津波になったんじゃないかと思ったりしますけど。

私、東京に行って小学校の校庭がコンクリートで塗りかためられているのを見て、非常にショックを受けました。それが三十年ぐらい前。田舎も真似して、「石牟礼さん、もう田舎者ちいわれんでよかですばい。役場もコンクリートにしました。小学校もコンクリートにしました。車もどんどん通ってよかごつ、道もコンクリートで舗装しました。もう田舎者ちいわれんでようございます。見にきてください」といわれて。ある村の村長さんに。そこは清和村といって、今では村の名前は変わりましたけれども、「清和文楽」といっていますが人形浄瑠璃があるんですよ。村の人たちがやっているんですけれどもね。誰が残したのか、都から来た人が住みついてそうなったのかわかりませんけれども。村の人たちが黒子になって人形を遣って、台詞《せりふ》もちゃんとあって、演目が幾つもあって。それを見にいきましたら、そこの村長さんがそうおっしゃいました。

田舎の人たちは田舎者といわれまいと思って頑張ってきたんですよね。ここ百年あまりかかって、いわゆる近代化してきたわけですね。それで風景を台無しにしてしまった。みんなで寄ってたかって。

昔の村は小川に囲まれていました。わたしの家の前も小川だった。溝といってもいいんですが、メダカやフナがいましたので小川。大潮のときは潮が上がってきたりする小川でしたけれども、コンクリートにして。あれ、なんでコンクリートにしたんでしょう。日本国中。

田んぼにはときどき水を配らなければならないので、小川から水を引くようになっているんですよね。その小川にタニシがいたりシジミ貝がいたり。

藤原　シジミがいるんですか。

石牟礼　はい。シジミは小川の底の泥にいます。目が二つ出ているんですよ。それは目じゃなくて口なのか、睫毛《まつげ》のように見える気管だそうですけれども。それがあちこちにいる。シジミ貝が管を出して息をしている。息といっても空気の息じゃなくて、泥を吐いたり吸ったりしているんでしょうか。その睫毛めがけて指を差し入れると、コトリと手応えがして、シジミ貝がいるんです、こんな大きな。子どもでも小一時間もいれば、五人家族のいっぺん分のおみおつけを食べられるくらい、すぐ取れていました。一晩塩水に漬けて泥を吐かせれば、次の朝のおみおつけになる。私、東京に行ってびっくりしたのは、宿屋のシジミ貝が小さいこと。

それで、明日のおかずの一品には道子が取ってくるシジミ貝をと、待っているんですよね。海にはアオサもありましたし。今夜のおかず、あしたの朝のおかずって、みんなあてにして待っている（笑）。

そういう風景を、みんなで寄ってたかって台無しにしてしまいました。

藤原　原発周辺の町に行くと、道がほんとにきれいですよね。まず道ですよね。それからなぜか西洋の花を植える。

石牟礼　はい。ある時期から、公園らしきところにいっせいに西洋の三色スミレのパンジーを植えはじめましたね。チューリップと。日本古来の草花、千草百草《ちぐさももぐさ》というようにいっぱいあるのに、どこへ行ってもパンジーが植えてあります。風情がないですよね、西洋の花は、きれいですけど。草花にも風情というものがありますよね。

藤原　四国巡りをしていても、住職が変わるでしょう。何年ぶりかに行って代が変わるとお寺の風景ががらっと変わるんです。ある寺に数年ぶりで行ったときにはゼラニウムとかパンジーがお寺に植わっていました。

石牟礼　お寺にパンジーは似合わない（笑）。そんなになりましたか。

藤原　あれはちょっとショックでしたね。

石牟礼　お寺にパンジーとは。

藤原　たぶん、若住職が奥さんの尻に敷かれているんですよ（笑）。奥さんがパンジーが好きなんです。そういう家族の風景まで見えてしまう。

石牟礼　そうでしょうね。

藤原　石牟礼さんは太古の音楽を聞いて、また息を吹き返して、吹き返したところでこういうすごいことを見ちゃって、これはやっぱり、宿命ですよね。見届けなければ。

石牟礼　もう、いやでございますよ。八十も過ぎたら。もうたくさん、という感じがする。

藤原　ただ、どうしてもいやが上でも、さきほどのお話みたいに熊本に逃げてきた人とか、向かい合わざるを得ないでしょう。

石牟礼　はい。

藤原　そういう意味で、個人個人で向かいあえるということの中では手立てがあるじゃないですか。こっちへ逃げて来なさいとか、こういうものを食べなさいとか。小さなことに対しては関与できるけれども、大きないまの流れは変えることは大変むずかしい。ただ、熊本に逃げてきた夫婦の子どもには何か手立てができるというふうに、できることはできるわけですよね。結局人間の個人がやれることというのはそういうことだし、またそれができるということはあるわけですよね。

何事も大状況を俯瞰して見てしまうと、無力感に襲われがちです。

目

藤原　これは被災地で撮影した男の子の写真です。

石牟礼　ああ、いい顔。一ぺん見たら忘れない。

藤原　「花や何　ひとそれぞれの　涙のしずくに洗われて　咲きいずるなり」と石牟

礼さんは書かれていますが、この子を見たときに、小学校三年ぐらいですけれども、目がもう、たくさん涙を流したあとの澄んだ目に見えたんですね。赤ちゃんの目みたいにきらきらしているんですよ。これくらいの年齢だと、輝いている赤ちゃんの目みたいなのをあまり僕は見たことがなくて、それで写真を撮ったんです。この子はいろいろ悲惨なことを見てきていると思うんですね。被災地で。それでこんなきれいな目になっているというのは、びっくりしちゃって。だから何か、そういう悲劇的なことか、ダメージみたいなものというのは、必ずしも人間の心を荒ませるわけじゃなくて、逆にきれいなものだとか力強さみたいなものがそこから湧き出てくるような人間の強さといいますか、そういうものがあるのかなと思って、この子の目を見ていたんですね。

ぼくもずいぶん日本をあちこちしながら子どもの顔を見るけれども、この子の目には少しショックを受けました。たぶんこの何週間、いっぱい涙を流していただろうと思って。それはこっちの想像ですけれどもね。

ただ、悲劇的なことがひとの心を蘇生させるような、それは石牟礼さんがきのういわれた、タチウオが海の上で拝んでいるみたいな、水俣病を抱え込んだ人がそういう神話をつくってしまうという、そういう人間の蘇生の力みたいなものというのが唯一、今回では希望かなと思うんです。

石牟礼　水俣病の第一発見者でいらっしゃるチッソの病院長、細川先生の目も、たいへん深い色でした。あんな目は見たことないです。青い色をしているわけじゃないけれども、何か、太古の湖のような。「あの子たちはどうしていますでしょうね」っておっしゃって。「あの子たち」というのは胎児性水俣病患者の人たちのことですけれども、最初にごらんになった方なんですね、胎児性の子どもたちを。

それで、初めて会った私に、何者とも知れない人間がふいにあらわれていろいろなことをおたずねしているのに対して、あなたはどういう方ですかともおっしゃらないし。資料も、カルテだったと思いますけれども、にわかに集めてくくり上げたような、何か荷造り紐みたいなのにくくってどさりと置いて、「何でもおたずねください。僕がわかることは何でもお教えいたします。わからないことは勉強してお伝えいたします」とおっしゃってくださいました。行くたんびに。あの目にお会いしたくて行っていましたけれども、ああいう目の色をした人は見たことがない。

「でも、チッソも創業のころがありましてね。創業のころというのは、何かしら、とてもいいもんですよ。そのときの同僚たちがいま技術部にいるんですけど」とおっしゃるんです。「一緒に創業の時代を過ごしましたから、僕にもためらいがありまして。いつでも辞表を持ってはいるんですが」と。

そして、「公表するのが遅れました。完璧な証拠と一緒に公表しなければなりませんから、工場排水を直接猫の餌に混ぜて発病するまでに時間がかかり過ぎました」とおっしゃって。発病したのが「猫４００号」といわれて、それが水俣病の発見となりました。

藤原　最初の猫ですね。

石牟礼　はい。そのあと、そうおっしゃいましたね。それで、「技術部の人間たちは」とおっしゃって名前を二、三人あげられましたけれども。細川先生がおっしゃらないうちに私から先にいってはいけないと思って、お待ちしていましたけれども、結局その同僚たちの名前は公表されなかったみたいです。「技術部に責任がある」とおっしゃっていました。「嘘ばっかりいってる」って。

この子の目は強いですね。こちらが見つめられている。

藤原　見つめる強度といいますか、よく恋人同士が見つめ合う、あれは強度が強い。相手に語りかけよう、求めようとする強度がこの子の目にもあります。カメラを向けるとすぐにそれがわかるんです。逆に表面だけの目もありますね。

石牟礼　カメラの前でこういう目をして立っていたんですか。

藤原　そうです。

石牟礼　十二、十三くらいかな。

藤原　それぐらいですね。

石牟礼　どういう人生を送るんでしょうね、これから先。私は若い人たちを見ると、どういう人生をこれから送るのかなと思いますね。見届けられない。この子はほんとうに、見抜かれてしまうような目をして。

表現者

藤原　思うに石牟礼さんがこれまでお話しになられ、そして小説にもお書きになっている小さいころの水俣の出来事や風景。そして僕が子どものころ体験した風景や、その後青年になって旅をしたアジアや日本の風景。ある意味でそれは壊れていない最後のぎりぎりの風景だったんだなぁ、という思いがいまあります。

世界は七〇年代中盤から劇的に変わっていきます。石牟礼さんのお父さんがおっしゃっていた、石垣がコンクリートに変わり、水辺の生物がいなくなるというのは、時代の変わり目の象徴的な出来事ですね。そういった流れで水俣の悲劇があり、それに限らずあらゆる化学物質が垂れ流され、農薬が蔓延し、エネルギーの乱用によって地球は温暖化し、そのうえ無数の原爆実験があり、そして核の平和利用といわれた原発の事故がチェルノブイリ、スリーマイル島と、立て続けに起こり、放射能が撒き散らされる。

そして今度は自らの足元の福島で原爆百五十個分の放射能が撒き散らされました。いま石牟礼さんはこれからの若い人たちはどういう人生を送るのかな、といわれましたが、福島以降いつも自分の頭に去来するのはそのことですね。

僕らは若いころ世界のいい面を辛うじて享受することができました。ある意味で思い残すことはない。だが、いまの時代に人生をスタートする若い人の置かれている環境はほんとうに厳しい。

福島のことがあって僕は自分のブログでルターの言葉を書いたことがあります。

たとえ明日世界が滅びようと、
わたしは今日
林檎の木を植える。

という言葉ですが、ある人がメールをくれて、「読んで涙をぼろぼろこぼした。仲間と『こういう世の中だけど、前向きに生きていこう』と話し合った」と書かれていました。

涙をぼろぼろ流すというのは少し感情過多かなと思いながら、その肩書きを見たときに少しショックを覚えました。大学受験生、とあったのです。

つまり人生の一里塚にあってこれから人生の扉が開かれようとする歳ですね。僕はふとそのころの自分の年齢のとき何をやっていたんだろうと思うと、チェルノブイリもスリーマイルも福島もなく、まだ世界は希望に満ち満ちていたように思います。若いころは他人のことなどどうでもよく、自分だけがこの世を独占してるかのような悦楽もありました。しかし最近は歳を取って、これは表現者としていいことかどうかわかりませんが、妙に他人のことを考えてしまうようになった。

やはりそういう意味でショックを受けたんですね。この人たちの心情というものをそれまで身近に考えたことがなかったんです。そして、彼らとちがって世界を十分に堪能して来た自分は、若い世代に対して何ができるのだろうかと思うことがあります。

しかしいま、その大人そのものが嘘をつきまくっていて、悲しいかな小学生くらいの子までが、今回の福島に関して大人がいかに嘘をついているかということを知ってるんですね。水俣時代とその構造はまったく変わっていない。

石牟礼　人が死によるというのに、チッソは原因物質を流しつづけていましたからね。

藤原　しかし、たとえばすでに世界には放射能が撒き散らされていて、それを回収することも除染することもできないという無力の中で、大人がまず何をしなければならないかというと、子どもや若い世代の人々に、少なくとも、ここに君たちの前で命を張れる大人というのもいるのだということを見せてやることだと思うのです。

そういう意味で、福島のあと歳を食った者が身を挺して原発の現場に行くという福島原発行動隊というものに僕も登録したのですが、それは自分のやり方ではないかな、という疑問もあります。表現者として、ほかに処し方があるかもしれない。言葉や写真でコミットし、この陰陰滅滅とした世界に少しでも意識の風穴を空ける、ということは、少なくとも可能だと思うんですね。

それで、石牟礼さんの辞世の句のようなあの巻物のことがずっと気になっています。ある意味で、先ほど見せていただいたあの巻物というのは、枕経みたいなものですかね。

石牟礼　枕経ですね。

藤原　石牟礼さんは、あれをお書きになるとき、どういう気分で書かれたのですか。

石牟礼　自分自身が生きていくのが苦しいものですから、なぜ苦しいのかと思いますときに、この世は自分のためにあるというのが基本的にありますでしょう。そう思わなきゃ書けないですからね。この世の息苦しさは私一人じゃなくて、いろいろ悲惨な事件を小さいときから見聞きしているのが、だんだんひどくなって、重層的になってきて。とくに水俣病を体験してから。

何か表現せずにはいられない。どこでつながりあうのか。ひとさまと。つながりを探すため、自分のための手記を言葉にすれば、こういう言葉にとりあえずなる。ひとさまのためではなくて、まず自分のために。

藤原　僕は最近そのあたりが妙にねじれてきていて、若いころというか、五十代まではひとさまのためなんて考えたことがなかったのですが、最近はふと身近なところに何かあるとつい手をさしのべてしまうようなところがあります。男性と女性の生理のちがいでしょうか。ところでこの巻紙のお経を書き上げるまで、どのくらいかかりました？

石牟礼　二年近くはかかっていますね。ところどころ直して。何十ぺんも推敲したかもしれません。これくらいしか書けない。

藤原　今回、地震があったでしょう。そのときまた書き換えざるを得なくて書き換えたわけですね。

石牟礼　はい。「今日《こんにち》の魂に奉らんとす」というところは、「今日の仏に奉る」と最初は考えていたんだけれども、「仏」というのは飛躍し過ぎだなと思って「魂」に変えました。

藤原　それで最後は「花」になったんですね。

石牟礼　はい。もっと短くできるはずですよね。だけれども、こんなことを書いたって被災した方々に届くはずはない。届いても、詩人の世迷い言のようで。

藤原　いやそうは思いません。被災者の人がこれを読んで、長ったるい小説だとあまり力を持ち得ないかもしらんけれども、これだけ気持ちを込めて短くしたということは言葉が魂になっているように思うんです。だから、世迷い言ではないです。

『苦海浄土』第四部

藤原　『苦海浄土』の第四部を考えていらっしゃるのですか。

石牟礼　考えているんですけど、もう書けないんじゃないでしょうか。詩集も仕上げなきゃならないし、時間が足りない。私は何でも遅いんですよ。ひとさまならばとっくに書き上げられたでしょうに。それで、書かない間は、ほかの小説を書いたり詩を書いたりして。

藤原　四部はどういうふうに書こうと思っていらしたんですか？

石牟礼　絶望と希望と両方あるんですけれども、希望というのは、これまでの宗教観とか哲学とかにもっとはいり込んだ世界でしょうね。現代の聖者。読み書き算盤とかそういうことは人並み以上におできになる。小学校は辛うじて出られていて。よく集まってお酒の座になったりすると「わたし共は山学校組やもん」とか「海学校じゃったもん」とかおっしゃっている。村の人たちも、船を出すときに、学校へ行かないで海辺で遊んでいるような子どもたちを見かけると、「おーい、はよ船に乗らんか」といって海へ連れていかれる。学校へ行けとはおっしゃらない。そして網の手伝いをさせて、帰りには魚をくださって。そういう人たちがおられました。

学校を卒業したかどうかはあまり問題にしていないのです。まして大学へ行くなどというのは、一町村に一軒あるなしの名家でないと行けない。行けなかった人たちが、「おらあ、とうだいば出たぞ」というんですよ。海の灯台ば出たって。東大にひっかけて。「俺共も、とうだい組じゃもん」といって自慢なさるんですよ。そうおっしゃる方々がまた、海辺で遊んでいる子たちに、「おい、お前たち、たまには学校にも行くもんぞ。お前らが遊んでばっかりおれば、先生の月給が減るとぞ。ときどきはギリば立てて、学校にも行け」とおっしゃる。そういう人たちが地域の柱になっていくんですよね、大人になったら。

それで、酒飲みの座は同窓会のようなことにすぐなるんですけれども、とうだい組とかの間から、「あんたどんが水俣病を病まんけん、代わって俺たちが病みよるとぞ」というような言葉が出てくる。これをしかつめらしく書くと宗教論になりますよね。

本能的におっしゃることが、哲学を超える、宗教を超えることがあります。

藤原　おもしろいですね。漁師とか農夫の言葉というのは自然に根ざし経験に根ざしているから、言葉は単純でもじつに哲学的で、時には神話的な言葉を吐くことがありますよね。反対に哲学をやっているようなインテリの言葉は、ほんとうは単純なことをむずかしい言い回しをして権威づけているようなところがある。

房総のタコ獲りの漁師がある日波に飲まれて死んだことがありました。静かな海だったのに突然大波が来て舟が転覆したんですね。

ふだん付き合いのあった漁師でしたから、ひと騒動終わって静かな海を見ながら思いに浸っていると、八十歳を超えた婆さんが、これもタコ獲りの旦那を手伝っている人ですが、犬を連れて僕の前を通りかかり、僕の顔を見て、「ヒト食ろうておとなしゅうなりおったわい」っていったんです。

僕はその言葉を聞いて、それまで見ていた海の様相が一変して、海が巨大な生き物のように見えたんですね。それと同時に、この老婆くらいの世代の漁師というのは海を生き物と信じて生きているんじゃないかって思って、そこに妙に神話的なものを感じてしまった。この年齢くらいまで、人は世界の神話とともに生きていたんだろうと思いました。

石牟礼　小学校三年生のときに、「とんとん」と俗称される村に移ったんです。そこは、よく聞いてみると日向猿郷《ひなたさるごう》という名前はついているんですけれども、「とんとん村」といわれていたんです。

　なぜとんとん村といわれていたかというと、そこの村に最初に来た人は三人兄弟で、一人は隠亡《おんぼう》さんで、一人は牛馬の皮をはぐ人、一人はその皮を乾かして鳴り物をつくる人。その兄弟が最初に来られた。けものの皮をなめして干して太鼓をつくるときに「とんとん」と試し叩きをするのが、川向こうの町に聞こえて、それで「とんとん」という名がついたそうです。被差別部落だろうって色川大吉先生がお書きになったけれども、そうだろうと思います。

　その兄弟のひとりがなった隠亡さんは、火葬場で死人さまを焼く人です。その隠亡さんのおじいさんが私の家の後ろの土手を通りなさる。長い土手でした。長いススキの土手がすぐ家の後ろにありました。死人があると、土地の人でない死人さまは火葬場で焼く。私の小さいころは。

　ふつう、土地の人は墓地を持っていて、土葬にするんです。そしてお葬式も大変賑やかなお葬式で、参列する人も多い。行列の最初には、どういうわけか白いごはんをてんこもりにして、箸を一本立てて、それを少年が――なぜ少年の役目かわかりませんけれども――持って、その次に花立てを持った少年たちが四、五人いて、その後ろに五色の旗を立てて、赤と白と水色とピンクと黒の吹き流しの旗を立てて、あとは親族たちや近所の人たちがついて、お行列が通ると町の中では馬車も停まって、人力車も停まって、合掌しながらお見送りするんですね。

しかし火葬場に来る死人さま、土地の人でない死人さまは、大変さびしいお行列なんですよ。旗も立たない。行き倒れの人とか一人身の人などは火葬場で処理して、その死人さまを焼くのが、隠亡さんで村に来た最初の人でした。ふつうの人はなれないって。

そういう村へ、私の家は落ちぶれて町から移っていったんですけど、移る前に町を通ると、町内のおばさんたちから呼び止められて、「道子しゃん、あんたの家はどこに行きなはると？」と聞くので、「とんとん」と私はいうんですよ。そうするとおばさんたちは、「とんとんにな」といって「ハァーッ」とため息ついて、「遊びに来なっせよ、ときどきは。この栄町にも」といってくれて、何かいわくありげな感じがしたんですよね。

それで、一つの村ができるにはどういう人からはじまったんだろうと、子ども心に思って。いつも遊びに行く山伝いの海辺の丘の上に、人間の住処があったと思える石垣が築いてあったんですよ。きちんとした家の石垣じゃなくて、栗石といって、そこらにあった海辺の石をうまく拾ってきて積み上げたような低い石垣でした。でも、どうも家の跡らしい感じが子ども心にもして。すぐそばに泉があって、人が暮らすには水が必要って、子どもも心に思うでしょう。掘った井戸じゃなくて、ちょっと窪みがあって泉が湧いているんですよ。水は不自由しなかっただろうと思うんですね。それで、「これは家の跡のごたる」と親に聞きますと、黒田さんというお家がその村にいらして、その方が最初に天草から移ってこられたって。

あとで隣近所の大人たちが話すのを聞いていると、何という名前だったかな、黒田ゼンベエさんだったかな、そういう名前の人で、晩になるとガゴ――ガゴというのは妖怪の名前です――が「ゼンベエを噛もうぞ、噛もうぞ」と夜中にいうんですって。夜中になると家の周りを回りながら、ガゴという妖怪が。

「それがとても恐ろしかったけん、こっちに下ってこられた。とんとん村の側に下りてきなさった」そして、ほかの人も来るようになって。

それでそこから、村の歴史というのを書いてみたいと思ったんですね。そういうことを思っていたときに水俣病が起きました。

藤原　なるほどそうですか。石牟礼さんは自分の家を起点に、民俗学的な意味での物語をお書きになろうと思っていらっしゃったわけですね。村の人たちの語りとはどんな感じだったんですか。

石牟礼　そこの村に移りましたら、うちにはやっぱりお客さまが多くて、暇さえあれば集会所のようになって。お年寄りたちが見えるんです。それで話し比べをなさるんですよね。たいがい創作です。

人間の話よりも妖怪の話がみなさん好きですよね。擬人化して。それで、妖怪たちにも風土があるんです。所の名前をつけて、田平というところがいまもあるんですけれども、田平のタゼというガゴがおって、もたんというところがあって、もたんのモゼというのがおる。それは仲良しですけれども、ときどき喧嘩してガゴ同士で取っ組み合いをやったりして、それにまた川太郎とか山太郎とか、いろいろなガゴたちが加勢をして、両方に分かれて戦をするのがこの川口だって（笑）。それで潮が引くと沖まで砂地が出てくるでしょう、干潟が。干潟がうんと出てくる日がいちばんいい戦場になるって。

それで、まあおかしい。もたんのモゼだか田平のタゼだかわかりませんけれども、八幡さまもおられますから、八幡さまもどっちかに加勢をして、大騒動、大賑わい。それで、カニとかなんかもね。ツガニというのがおるんですよ。ツガニというのは川と海の間におるカニですけれども、ハサミが大きくて、藻のような毛が生えているんです、ハサミに。そして、そのカニは食べられるんです。ツガニ捕りの名人で、うちの隣の家の三太という青年がおりまして、三つぐらい年上で、その三太君は山学校組と海学校組の間あたりにいるから「山川三太」といわれて（笑）。

藤原　ほんとの名前ですか？

石牟礼　ほんとの名前です。山川三太君は隣に住んでいましたけれども、カニ捕りの名人で、石垣の穴にソローッと指を入れて、そうすると、おるかおらんかわかると。はさみに来るから。それでどうやって捕るかというと、自分の指をはさませてソローッと動かして、出てきたところをポイとこっちの手でつかんで、セメント袋に入れて青年クラブに持ってきて、青年たちが集まっているところでみんな待っているから、大鍋で湯を沸かして三太君が捕ってきたカニを鍋に入れて、鍋の蓋をする係もいて、大きな鍋の蓋で、そうしないとカニが飛び出してきますから。沸いているわけですから、お湯が。

そうやって、一晩中夜回りをする若者たちが元気をつけるんです。拍子木を叩いて、「火の用心、カチカチ」「夜回り～、何番」とかいって、夜中になると回ってくるんですよ。泥棒や火事の用心に。だけど、家によっては干し柿なんか軒下に下げてあるでしょう。「夜回り～」カチカチとやりながら、カギ形になっている木の枝で干し柿のさがっている棹を持ち上げて、棹にかけてある柿を、こうして寄せてごっそり持っていったり（笑）。とられた家の人は、あの連中、と思っていても、隣近所には「あの連中の仕業《しわざ》にちがいなか」というけど、公にいうと野暮と思われるんですよ。そのくらいのことは夜回りの青年たちにサービスしてよかろうって。おおらかなもんですよ。

そんな話でワンワンいうて賑わっていました。学校なんか行かなくたって、そういう意味で英雄豪傑が村のあちこちにおって、そういう人のほうが村のために働くんです、後年。近代というのは、そういうふうに分かれていくんですね。東京へ行って出世して帰るかもしれんといわれている人は、出世はするけれども、村のことを忘れることが都会人になったことでしょうから、村がどうなっていきよるかというのは、あまり考えなかったと思いますね。

藤原　そういった自然と一体化した共同体というのが昔はあったわけですね。たぶんそのままでよかったんでしょう、ほんとうは。そのまま時間が止まっていれば貧しいながらも平穏な世界がそこにはあった。

石牟礼　私、そういう話をずっと書きたいなと思っていました。子どもながら聞いていて、とても興味がありました。

「春の彼岸と秋の彼岸には山の神さんと川の神さんが交代しなさる。ほらいま、ヒュンヒュン鳴いて、いま入れ替わりよんなはるばい」って。一生懸命耳をすますんですけれども、聞こえないんですよ。それで、年寄りになれば聞こえるようになるかも、と思っていました。聞きたいと思っていました。「ヒュンヒュン鳴いて入れ替わりよんなさる」って。田んぼのへり、川の筋を。

それで、キツネも、「南福寺弁もあっとばい。とんとん弁もあっとばい。湯の児弁もあっとばい」と、キツネも所の言葉とアクセントで鳴くって（笑）。顔もちがう、見ればわかるって。それで、猿郷という、いま私の家があるところですが、猿郷のキツネは猫んごただったって。見ればすぐわかる。

大廻《うまわ》りの塘《とも》という大きな堤があったんですけれども、そこに行けばいろいろなキツネたちが寄ってきて、そこにいるキツネに「宇土《うと》んワラすぐり」というのが。宇土にいる、ワラをすぐるキツネ。「すぐる」ってわかります？　ワラの下葉、刈り取ったときにいちばん下にある、早苗のときに最初に芽立った葉っぱが枯れて、稲が実ると垂れ下がるんです。それで草鞋《わらじ》を編んだり俵を編んだりするとき、汚いし邪魔になるので、指を間に入れてそれをきれいに落とすことを「すぐる」というんですよ。それの上手なキツネがいて（笑）。宇土は水俣から百キロばかりあるんですよ。それが船に乗って大廻りの塘に来るって。そして病気の家とか、何か加勢しなきゃいけない家があると、ワラをすぐって加勢するって、そのキツネの「宇土んワラすぐり」が。祭りのときには来るというのです。そうして見て回るそうですよ、田んぼを。

藤原　どこからそんなウソデタラメが生まれるんだろう（笑）。不思議ですね。

石牟礼　そういう話を一心になさる。高座の落語を聞くよりも、講談を聞くよりも、まだおもしろかったんじゃないでしょうか。おもしろかったと思います。私、一心になって聞いていました。

それで、カニは合戦をするとき、どっちかに加勢をする。タヌキは広げると何畳もある大金玉《うーぎんたま》を持っていて、むしろを持たんような農家があればむしろの代わりに貸す。稲を干したり収穫物を干したりするのにむしろがいるでしょう。田んぼも持たない家は、畑だけしか持たないで、ワラを持っていませんから。むしろをつくれませんからね。買ったりしないで、編んでいましたから。大金玉のむしろを持っていて、それも貸してもらえるって。タヌキから。戦のときは一方の旗頭ですから、戦い疲れて、昼ちょっと一休みしようかと思ってうとうとしていると、どっちかの川のツガニが、その大金玉のヒゲをいたずらしてチョッキンチョッキン切ってしまうげな、って（笑）。

藤原　タヌキがびっくりして飛び上がるのが目に見えますね（笑）。

石牟礼　あれはとっさに思いついておっしゃるんでしょうね。それで話しくたびれて、焼酎も出しますから、おばあちゃんたちも集まるんですけれどもね、「きょうはよか花見じゃったなあ」といって。そういうことを、うちで話して、昼寝して帰っておられました。

藤原　話は花ですか。話の花を聞いて目に浮かべて。それを話すのは、おじいさんもおばあさんも、両方？

石牟礼　両方。でも、うちの隣のおじさんがいちばん（笑）。私が心《しん》から聞くからでしょうね。話し甲斐があったんじゃないかと思います。

猿郷のキツネは猫に似とったたっておっしゃったのも、その方。そして丸島弁とか、土地土地の言葉でキツネたちが話すって。「見ればわかりよったもん、わたしゃ」と。大廻りの塘でキツネに会うと、「おぉ、おまえも来とったか」というような顔つきでいう、と。自分で名前をつけとんなさるんですよ。ほんとかな？とは少しは思いましたけど（笑）、あまりに真剣な顔をしておっしゃるもんで。

子どもの向きの話にして絵本にするといいかな、とか思ったりしますね。しかし、大金玉というのは、説明しにくいですね（笑）。

藤原　昔は、おやじなんかも、「タヌキの金玉八畳敷」といって歌っていましたね。結局タヌキは金玉が大きいから、それを八畳敷と形容したんでしょうけど、その形容が九州のあちこちに飛び火してたというのはおもしろいですね。六畳敷ではなく八畳というのがいかにも広い感じがします（笑）。

石牟礼　八畳敷というのはやっぱりどこかにもとがあるんですね。

藤原　僕のおやじは明治の生まれですから、ことによるとずっと昔、江戸時代くらいからあったのかもしれませんね。

石牟礼　門司にはそういう話はないんですか？

藤原　母親がよく提灯行列の話をしていました。

彼女は山口県の裏日本海側の田舎の生まれなんですけど、月夜の晩に遠くの段々畑のほうを見ると、狐が提灯を持ってずらーっと並んでいるそうなんです。それでみなを呼んできて、騒いでいると、急にその行列がさっと段々畑の下の段に並んだり、上の段に並んだりして、みな「あらーっ、また移りよった」って花火を見るようにわくわくしたって。なぜ狐は上の段に移ったり下の段に移ったりするのかと聞くと、別に意味はないらしい（笑）。

おやじは、僕が幼稚園に上がる前に、僕がおやじの布団に潜り込むと動物の話をよくしてくれました。山里の野っぱらの向こうにサルとかタヌキがいて、それをこっちにいるウサギとか犬が「おーいサル公」と呼ぶんですね。そうするとサルとかタヌキが返事をして「トコトッ卜コ、トッ卜コトッ」と野っぱらを駆けてやってくるんです。そうしたら今度は向こうに残っているタヌキが「おーい犬公」って呼んで、またこっちの動物が「トコトッ卜コ、トッ卜コトッ」と駆けていくという、延々とその繰り返しでじつに他愛のない話なんですけど、僕は子ども心にその野っぱらを駆けていく犬とかサルの情景が頭に浮かび、なんかわくわくするんですね。おやじも僕が真剣に聞いているから気持ちをこめて「おーい」とか「トコトッ、トコトッ、トコトッ」ってしゃべりつづける。そしていつの間にか僕は寝入ってしまう。

そんな話の花の中でタヌキの金玉八畳敷というのが出てきた。あれは節回しをつけて歌のように「タヌキの金玉八畳敷ーぃ、タヌキの金玉八畳敷ーぃ」というんです。

水俣の場合はみんな寄り集まって話の花を咲かせるわけでしょう。

石牟礼　はい。「きょうの風呂敷は広かった」という人もいた。話の風呂敷が。
　しかし、そういうことも、無知な人たちの世界というふうには思わないですね。でも、標準語の世界からすれば、何の根拠もないつくり話、ばかばかしいと思えば思えるんでしょうけどね。

藤原　いまや非常に貴重な、豊かな世界ですよ。

石牟礼　豊かな世界でございますね。けっこう生き甲斐があったんですよ。そういう場所でも。

藤原　ただ、いまの話を聞いて、僕らはいつも見慣れているけれども、たとえば海の魚でもタチウオが立ってみんなで泳いでいたりとか、正面から見るとすごい形相の魚がいたりとか、ある意味で怪物だらけでしょう。

石牟礼　はい。

藤原　風がゴーッと海を吹いて波が逆巻くとか、ある意味ですべて怪物ですよね。だから、海のものとか山のものとか、そういう怪物といつも付き合っているわけでしょう。その怪物を表現するのに、ただの魚とか稲だとか、そういう言葉では御し得ないものがあるわけですね。そこでものすごい嘘八百とか神話を組み合わせて、自分たちの見た世界にせめても近づいていくということかなと思うんですよね。それは嘘でも何でもなくて、ある意味で自然は神秘に満ちていて、怪物だらけという。よく見たらそうですよね。そういうものを日々感じているから、せめてそういう嘘で近づいてくるというようなところがあるから、それがまたすごくリアリティがある。ひょっとしたら自然は、人間の広げた大風呂敷には収まり切れないものかもしれません。そしてその風呂敷の中にみな住んでいるという連帯感というか。

石牟礼　共同性みたいなね。言わず語らず、共同体というのは意地が悪い残酷なところもあるんですけれども、自己救済というか、神話的な世界をつくりあげていく。つくらずにはいられない。それでやっぱり、文化の一つの姿だろうと思う。基層的な文化ですね。そこから文字に書く神話というものができ上がっていくんだろうと思いますけれども、いちばん基層の部分でどうなっているかというと、非常に牧歌的にせずにはいられない。この世はいろいろ辛いこともありますから。「ああ、きょうは極楽じゃった」とおっしゃって帰る人が何人もおられました。だから、地獄というのがあるんでしょうね。

藤原　話の花をみんなで見聞きして心がぱっと通じるというのも極楽。

石牟礼　はい。通じあうところを見つけて。お互いに。

ですけれども、そういう共同の世界がせまぁくなってきた気がします。

藤原　怖い話とかもあるんですか？

石牟礼　そんなに怖くないんですよね。ガゴというのも、夕方外で遊んでいて、いつまでも帰らないと怒られて、「そんな遅くまで遊んでるとガゴに噛まるっぞ」って。噛むというのがどうも、その言われ方の響きは、あま噛みするような、グシャッと牙をむき出して噛むというんじゃなくて、「ガジガジ噛まるっぞ」って。ガジガジというのは、何かあま噛みの感じでしょう？

藤原　そういう昔の神話世界が一気に音を立てて壊れていくという時代がやがてやってくる。その極楽に、セメントなりチッソなりという近代がワーッと押し寄せてくるわけですね。

石牟礼　はい。

藤原　『椿の海の記』に描かれる自然と、いまの荒唐無稽な怪物だらけの世界というのは、ちょっと似ていますよね。別の言葉で語ったような。

石牟礼　はい。

藤原　かつての海と山の豊かさの中から、そういういろいろな怪物とか神話がつくり出されて、みんなで語りあう時代があった。しかしもう一つは、きのうもおっしゃったけれども、水俣病になられた漁師さんが最後にタチウオの神話をつくっていかれるみたいな、苦しみの中からまた逆にそういう神話が生まれるわけですね。そういう意味では人間はたくましい。

石牟礼　そうですね。

ほんとか嘘か、ハマグリや帆立貝などの平たい貝たちは、ある時期になると、長島という鹿児島県の半島と天草の間にわずかに東シナ海の波が入ってきて、不知火海の潮もそこから出ていく通路があるんですけれども、そこの通路を帆立貝たちが――帆立貝は北海道のほうにしかいないんですけれどもね――片方の殻を開けて帆を立てて渡っていくとばい、出たり入ったりするとばい、って。黒の瀬戸という瀬戸を集団で。ほんとかな？と思いますけど（笑）、そうおっしゃいました。見たいですね。「いっせいに出たり入ったりしよるばい」って。

藤原　たわいもなく目に浮かびますね（笑）。

ところで、このたびの大震災の大津波でものすごくたくさんの人が亡くなられました。そういう絶望からも果たして神話は生まれることもあるのだろうかと、いまのお話をお聞きしながらふと思います。神話ができはじめたら、もうそれは過去形になり、ふたたび自然を愛《め》ではじめたということでしょうが、それは遠い先の話のような気もします。

石牟礼　いまは絶望のほうが大きいですね。でも、やっぱり夢みる生命を信じたい。折れた花に対して「死ぬな生きろ」って。

藤原　死ぬな生きろ、というのは、大きな声で言ってるのじゃなく、ほんとうは小さな声で言ってるんです。花がぽっと咲いていてそれに気持ちを奪われている心の状態とか、定食屋に行ったらおいしいうどん定食の蠟細工があって、それを見ながら人生最後の食事はうどん定食でよい、とか思ったり。

石牟礼 小さな生命たちがかえって、ものをいいかけている感じがしますね。

藤原 大きく祈ったりすると、だいたい失敗します。

石牟礼 そうですね。大言壮語しないことですね。

藤原 その小さな祈りにたどりつくまで何十年かかかったように思います。

あとがき――野苺の記憶

『東京漂流』と名づけられた御本について長い間考え込んでおりましたが、このたびの対談で光栄にも著者にお目にかかることができて、「漂流」という言葉が、今世紀を予見していることを具体的に知ることができました。

藤原さんが撮られた被災地の少年の視線に、耐えられる自分であろうかと思いながら、今回の対談の読み直しをしたことでございます。

対談の中で藤原さんから、『苦海浄土』第四部の構想についてご質問がありました。そのときは、とんとん村のことを書きたいと申しあげましたが、もうひとつ、まだ命があって、第四部を書くならば、胎児性患者の方々の現在を書きたいと思います。

現在五十五、六歳になっておられますが、名乗り出ていない人も、亡くなった人もたくさんおられますから、正確には把握しきれていません。

生きのこっている方々の症状は、日々悪化を続けています。この人たちは自宅に隠れ込んでいたり、動ける人は車椅子に乗って、湯の児《ゆこ》の「明水園」や「ほっとはうす」に出かけたりしています。患者たちの自立ということを建前にして、介護施設が標《しるし》ばかりに機能していますけれども、八十歳から九十歳近くになった母親たちが亡くなる時期になっています。大変です。

ある患者は、はしを握れないために食事のたびに母親が介助して、ぼろぼろこぼれる飯粒を口に入れてやらなければなりません。また、いちばん大変なのが排泄の世話です。小さいときからこの人たちは、介護施設の職員たちにどなられたりして、人格を傷つけられてきました。この子を残してはあの世に行けんといっていた親たちも、時の流れに乗ってあの世に行きはじめました。

胎児性でなく、この世に出てから発病した人たちも、状況は同じです。症状はさまざまで、今までなんとか柱につかまって立ち上がれた人も立ち上がれなくなり、車椅子になっていく。赤ん坊のとき、首をくねくねさせていたのが、より硬直してきて、首筋を後ろにそらせたまま、なにかの意思表示をしている人もいる。

総じていえば、この病める集団が切ないのは、まだ思春期の心を持ったまま老化していくことです。五十歳を超えても少年少女であるのに、歴然と老化が進みつつあります。どの一人として快方に向かうものはありません。

昭和三十年前後に事件が発見され、発見されなかった人々もどんどん死んでいきましたが、いったいどのくらいの人数だったでしょうか。熊本大学研究陣が原因物質を公表したあとでも、チッソは排水を止めなかった。流されたのは有機水銀だけではなかったでしょう。

その状態は原発を抱え込んだ今の日本の基層的な部分をあらわしています。まだ息絶えない人柱《ひとばしら》がいるのになんということでしょうか。

ひとりの女性について語りたい。彼女は胎児性患者で五体不自由です。天性の資質で、情感が深く、周りの状況を全面的に見て育ちました。口のきけない仲間たちのことを、彼女の情感に意訳して、外側から来る人間に伝えることができます。名前は、清子ねえちゃんと呼ばれています。たぶん全身全霊で、患者の言葉を聞き取り、思いを汲み取り、一言も洩らさず私たちの社会に伝えようとしているにちがいありません。どんなに心を砕いていることか。

最近知り合いになった、出月《でつき》という所のもう一人の若い女性は、清子さんのことを話すと、「ねえちゃんのことなら小さいときから遊んでもらっていました。胎児性の人なのに、今ごろ気がついて。私は出月の生まれで出月の育ちだったのに、何一つ水俣病のことを知ろうとしませんでした。清子ねえちゃんとは血縁ではありませんが、これからは自分の生まれ育った地域のことを、ゼロのところから、清子ねえちゃんに習おうと思います」、そういって帰りましたが、そのつぎ来たとき、赤く実った野苺《のいちご》をつんできてくれました。

何十年ぶりだったでしょう。ここらの海辺の藪に自生していた野苺の色と香り。可憐としか言いようのない小さな粒々。水銀受難の海辺で、潮のとどかない藪に生きて、野苺は農薬からも逃れて生きていたのか。

さまざまな幼時の記憶。赤い実の入った小びんに焼酎と砂糖を注ぎながら思いました——とくべつのお客さまに一粒か二粒ずつ、舌の上にのせてさしあげよう。今も冷蔵庫に入れて、大事にしています。

そういうことを第四部では書こうと思っています。

ある方がこんなことをおっしゃいました。

「東京にまでも行ってみたがなあ、日本ちゅう国は見つからんじゃった。探しきらんじゃった。

東京にゆけば祖《おや》さまの国があるにちがいなか。わたしらは、その祖さまの人民じゃ思うとりました。さきの戦争も陛下のひと言で終わらせなはった。いざというときには祖さまがおんなはると、こう思うてきましたばってん、わたしどもは、祖さまば持たん人民じゃろかいなあ。どこにゆけばよかろか。

水俣は、日本の外になっとるにちがいなか。日本から見れば、水俣は行方不明になっとるにちがいなか。

家族全部水俣病になって、もう三代目、いやいやもう四代目になっとる。ひょっとすればわざと、失《う》してられとるかもしれんと邪気まわしたりして。こりゃ独立して、もうひとつのこの世ば作れちゅうことじゃなかろかなあ」

今は亡くなった、患者さんの言葉です。

藤原さんの、いよいよ未来的なお仕事が、今後も実りますようにお祈りしています。

二〇一二年一月　　石牟礼道子

あとがき——石牟礼道子の歌声

石牟礼道子の著作と最初に出会ったのは、今から三十年以上も前の七〇年代の後半のことだった。

まだ若僧だった私にある編集者から、これを読んでごらんと手渡されたのだ。

書名は『椿の海の記』とある。

不思議な文章だった。

これまで読んで来た小説とは何かが違う。

匂い。

空気。

肌ざわり。

読書の間、私は筋書きよりそのようなきわめて触覚的な快楽に浸っていた。それは詩体験に似ていた。

そういう意味で私の中の石牟礼道子は、その代表作『苦海浄土』においてイメージを形作られた感のある社会派作家ではなく、吟遊詩人だった。だからこそ、私は今昔の〝苦海〟つまり水俣と福島をそういった視点からお話をお伺いする機会を得たかった。

その申し出を、ご高齢な上にお体を病んでおられる石牟礼さんは気持ちよく引き受けてくださった。

フクシマに答えはない。

その答えを求めに私は熊本に行ったのではなかった。淡々と今昔の物語を語っていただければよかった。その言葉の中にきらりと立ち上がる刃のようなもの、あるいは匂いたつ花の香のようなもの、そして願わくば光のようなものが垣間見えればよいと思っていた。

果たして拙い話者の自分がそのような言葉を引き出せたかどうかはわからない。だが私自身は対談を通して、水俣、福島、という時代の絶対閉塞をテーマとしながら、行き先の見えぬ暗闇に落ち込むことなく、時にはユーモアすら感じつつ、随所に微光のようなものを見た、という思いはある。

おそらくそこには、長年のうちに培われた諦観と熟成と、なによりもいかなる過酷な状況の中でも見失わない希望が、その言葉の端々に見られるからだと思う。

そしてその希望とはつまり〝人間愛〟だと、臆面もなくこの場を借りて申し上げておきたい。

対談のさなかに石牟礼さんは、昔を思い出しながら歌を一つうたわれた。

その歌声というものが、この閉塞の時代には求められる。

そういう意を強くしながら帰京した。

藤原新也

二〇一二年一月

解説　死を想う

伊藤比呂美

一九八三年に藤原新也さんの『メメント・モリ』を読んだ。すごかった。あのときの衝撃は忘れがたい。「メメント・モリ」ということばもそのとき知った。それから何度となく、この言葉を使った。でも実を言うなら、八三年のあの頃、わたしは、死のことなど考えていなかった。

八四年に最初の子どもを産んだ。それで妊娠や出産についてむやみと興味を持ち、調べたり考えたりしているうちに、それは死にすごく近いというのを知ったけれども、自分の実感はそんなものではぜんぜんなかった。ただ、生きる生きる生きる生きる、さらに生きる、もっと生きるだった。

それからまもなく、わたしは熊本に引っ越した。東京しか知らなかった若い女が、熊本の言葉を知り、気候を知り、自然を知り、それから石牟礼文学を知り（その衝撃はさらに忘れがたい）、石牟礼道子さんご本人にお会いした。たぶんの今わたしくらいの年齢だった。あなたはわたしに（顔が）似ていると石牟礼さんに言われた。この人は獰猛な女だとわたしは思った。それから時が経ち、父や母が老い、夫が老い、それから石牟礼さんが老いていった。わたしはこの人々を見つめ、ときに伴走しながら、死について、真剣に考えるようになった。

『なみだふるはな』の対話が行われた頃、石牟礼さんは熊本市内の山本医院の離れに住んでいたのだった。

山本医院の離れ（といっても数階の建物だった）をエレベータで上っていってドアがひらいたら、そこが石牟礼さんの家の玄関前だった。入口におびただしく本があり、中に入っていくとそこにもまた、おびただしく本があった。介護用の支え棒が、天井を肩に掛けるように突っ立っていた。石牟礼さんはパーキンソン病を患っていたから、前につんのめるように歩いてしまう、そのときその支えにつかまるようにということだった。

この対話の数年前には、石牟礼さんとわたしが『死を想う』という対話をした。その頃石牟礼さんは、そこからあまり遠くない一軒家に住んでいた。そこには「人間学研究会」の看板がかけられ、その事務所が置かれているということだった。

その前は、熊本市内の水の豊かな江津湖の近くの、古い、庭のある一軒家に住んでいた。古風な美しい庭があった。木の生えた、苔の生えた、庭だった。

その前は、その近くの真宗寺の離れに住んでいた。真宗寺には、今、石牟礼さんの分骨した遺骨がある。石牟礼さんの資料保存会も置かれてある。

石牟礼さんが移っていった経緯は知らない。わたしはただ石牟礼さんがいるところに通っていっただけだ。

石牟礼さんはさらに老いて、山本医院の四階から、ユートピアという高齢者用施設に移った。そしてときどき託麻台病院に入院した。短期間だけ、リデルライトホームという施設にいたこともあった。ハンナ・リデルとエダ・ライト、明治から昭和期にかけて、熊本のハンセン病患者のために働いた女の宣教師たち、その名前を冠した施設に石牟礼さんがいるのがなんだかとても不思議だった。……いけないいけない、石牟礼さんの思い出をただ洩れに洩らしている場合ではない。

この対話の中で、石牟礼さんは六〇〜八〇年くらい昔のことを話しているのだ。それはもちろん『苦海浄土』や『椿の海の記』で知っている風景であり、光景であるから、つい聞き入ってしまうのだが、それがちっとも思い出話のようじゃない。

石牟礼さんは話していく。ボラの子やチヌの子について。ただのボラやチヌではなく、小さいボラや小さいチヌでもなく、ボラの子やチヌの子なのだった。石牟礼さんがつかまえたわけじゃなく、子どもたちがつかまえたと聞いただけだったのだが、石牟礼さんの言葉を通して、わたしたちの手の中に、生きた魚の子のぴちぴち跳ねる感覚が残る。それから電気の通った晩について。その明るさについて。母について。「ことづてはたくさんありますばってん、草によろしゅういうてくだはりまっせ」と言う母の声について。

藤原さんがあいづちを打ちながら、その話を引き取って、つい先日訪れた福島の話をする。そしたら石牟礼さんが、それにあいづちを打って、正確に、誠実に、答えていく。けっして高齢者にありがちなとんちんかんな受け答えではない。現実との境目もしっかりある。そのきちんとした受け答えしながら、石牟礼さんはまた、八〇年前の団子の話をする。ヤマモモの話をする。人づてに聞いた、日が昇るといっせいに頭を波の上に出して合掌するタチウオの話をする。

石牟礼さんは当時八四才で、ここにいるが、ここにいない。昨日あったことも、八〇年前のことも、人から聞いた言葉も、ここにないが、ここにある。

それを聞く藤原さんの口から、祈りという言葉が出てくる。石牟礼さんご本人は、ただ、ただ、昨日今日の現実のように、八〇年前の現実を話し続けるだけだ。

藤原さんは当時六七才で、若くもなく、年取りすぎてもいず、石牟礼さんの言葉を、驚かず、あわてず、さわがずに、聞き取って、遠くの昔のできごとや伝聞としてではなく、今そこに在る現実として、受け止めて理解する。そしてそれを自分の経験しつつある現実にむすびつけていく。

あの頃は、ほんとにこんなふうに、石牟礼さんの話は、昔の海や魚についての話が多かった。どんなに目の前のことから話し始めようと、わたしがどんな話を外から持ち込んでこようと、いつのまにか、石牟礼さんが、昔の、今はなくなった海のこと、魚のこと、海草のことなどを話しているのだった。

わたしははあはあと聞きながら、あまりに生類のいとなみが不思議すぎて、イメージが追いつかなくなった。それで、海について、魚について、海草についての根本的な質問をさしはさむと、「まあ、あなたはほんとに、何も知らない」と呆れられた。だって東京の裏町の生まれ育ちなんですとそのたびに言い訳をした。ただ聞くだけではもったいないと思えてきて、メモしますねと言ってノートに書きつけてみたのだが、実際に役立てたことは一度もない。ただ聞いて、ただ書きつけて、そのまま消えた。そんなことが何度もあった。

幻影（俗）と覚醒（聖）のふたつの岸にかかる命綱を渡り歩きながら、正気というものを保っていた……。

藤原さんの本からお借りした言葉だ。『黄泉の犬』だ。インドの聖者について語っている言葉だった。

石牟礼さんは、聖者というよりは詩人である。しかしながら、幻影と覚醒、そのふたつの岸にかかる細い強靭な綱をしっかりとした足取りで渡って歩きながら正気を保っていたのが石牟礼さんだったのかなと思う。そして藤原さんもまた、ここでは石牟礼さんに伴走しながら、八〇年前のリアルから二〇一一年のリアルに、ふたつの岸にかかる命綱を渡り歩きながら正気を保っている聖者みたいな存在に思えた。

（詩人）

本書は二〇一二年に小社より単行本として刊行されました。この対談は二〇一一年六月十三日から十五日にかけて熊本市の石牟礼道子氏宅で行われたものです。

なみだふるはな

二〇二〇年 三月一〇日 初版印刷
二〇二〇年 三月二〇日 初版発行

著 者 石《いし》牟《む》礼《れ》道《みち》子《こ》／藤《ふじ》原《わら》新《しん》也《や》

発行者 小野寺優
発行所 株式会社河出書房新社
〒一五一－〇〇五一
東京都渋谷区千駄ヶ谷二－三二－二
電話〇三－三四〇四－八六一一（編集）
〇三－三四〇四－一二〇一（営業）
http://www.kawade.co.jp/

ロゴ・表紙デザイン 粟津潔
本文フォーマット 佐々木暁
本文組版 KAWADE DTP WORKS
印刷・製本 中央精版印刷株式会社

Printed in Japan ISBN978-4-309-41736-3

椿の海の記

石牟礼道子　41213-9

『苦海浄土』の著者の最高傑作。精神を病んだ盲目の祖母に寄り添い、ふるさと水俣の美しい自然と心よき人々に囲まれた幼時の記憶。「水銀漬」となり「生き埋め」にされた壮大な魂の世界がいま蘇る。

コスモスの影にはいつも誰かが隠れている

藤原新也　41153-8

普通の人々の営むささやかな日常にも心打たれる物語が潜んでいる。それらを丁寧にすくい上げて紡いだ美しく切ない15篇。妻殺し容疑で起訴された友人の話「尾瀬に死す」（ドラマ化）他。著者の最高傑作！

福島第一原発収束作業日記

ハッピー　41346-4

原発事故は終わらない。東日本大震災が起きた二〇一一年三月一一日からほぼ毎日ツイッター上で綴られた、福島第一原発の事故収束作業にあたる現役現場作業員の貴重な「生」の手記。

想像ラジオ

いとうせいこう　41345-7

深夜二時四十六分「想像」という電波を使ってラジオのＯＡを始めたＤＪアーク。その理由は……。東日本大震災を背景に生者と死者の新たな関係を描きベストセラーとなった著者代表作。野間文芸新人賞受賞。

彼女の人生は間違いじゃない

廣木隆一　41544-4

震災後、恋人とうまく付き合えない市役所職員のみゆき。彼女は週末、上京してデリヘルを始める……福島－東京の往還がもたらす、哀しみから光への軌跡。廣木監督が自身の初小説を映画化！

忘れられたワルツ

絲山秋子　41587-1

預言者のおばさんが鉄塔に投げた音符で作られた暗く濁ったメロディは「国民保護サイレン」だった……ふつうがなくなってしまった震災後の世界で、不穏に揺らぎ輝く七つの“生”。傑作短篇集、待望の文庫化

日本

姜尚中／中島岳志　41104-0

寄る辺なき人々を生み出す「共同体の一元化」に危機感をもつ二人が、日本近代思想・運動の読み直しを通じて、人々にとって生きる根拠となる居場所の重要性と「日本」の形を問う。震災後初の対談も収録。

文明の内なる衝突　9.11、そして3.11へ

大澤真幸　41097-5

「9・11」は我々の内なる欲望を映す鏡だった！　資本主義社会の閉塞を突破してみせるスリリングな思考。十年後に奇しくも起きたもう一つの「11」から新たな思想的教訓を引き出す「3・11」論を増補。

大震災'95

小松左京　41124-8

『日本沈没』の作者は巨大災害に直面し、その全貌の記録と総合的な解析を行った。阪神・淡路大震災の貴重なルポにして、未来への警鐘を鳴らす名著。巻末に単行本未収録エッセイを特別収録。

塩一トンの読書

須賀敦子　41319-8

「一トンの塩」をいっしょに舐めるうちにかけがえのない友人となった書物たち。本を読むことは息をすることと同じという須賀は、また当代無比の書評家だった。好きな本と作家をめぐる極上の読書日記。

大不況には本を読む

橋本治　41379-2

明治維新を成功させ、一億総中流を実現させた日本近代の150年は、もはや過去となった。いま日本人はいかにして生きていくべきか。その答えを探すため、貧しても鈍する前に、本を読む。

うつくしい列島

池澤夏樹　41644-1

富士、三陸海岸、琵琶湖、瀬戸内海、小笠原、水俣、屋久島、南鳥島……北から南まで、池澤夏樹が風光明媚な列島の名所を歩きながら思索した「日本」のかたちとは。名科学エッセイ三十六篇を収録。

幸せを届けるボランティア　不幸を招くボランティア

田中優　41502-4

街頭募金、空缶拾いなどの身近な活動や災害ボランティアに海外援助……これってホントに役立ってる？　そこには小さな誤解やカン違いが潜んでいるかも。“いいこと”したその先に何があるのか考える一冊。

偽善のトリセツ

パオロ・マッツァリーノ　41660-1

愛は地球を救わない？　でも、「偽善」は誰かを救えるかもよ!?　人は皆、偽善者。大切なのは、動機や気持ちではなく、結果である。倫理学と社会学から迫る、誰も知らない偽善の真実。

生きるための哲学

岡田尊司　41488-1

生きづらさを抱えるすべての人へ贈る、心の処方箋。学問としての哲学ではなく、現実の苦難を生き抜くための哲学を、著者自身の豊富な臨床経験を通して描き出した名著を文庫化。

軋む社会　教育・仕事・若者の現在

本田由紀　41090-6

希望を持てないこの社会の重荷を、未来を支える若者が背負う必要などあるのか。この危機と失意を前にし、社会を進展させていく具体策とは何か。増補として「シューカツ」を問う論考を追加。

TOKYO 0円ハウス 0円生活

坂口恭平　41082-1

「東京では一円もかけずに暮らすことができる」——住まいは二十三区内、総工費0円、生活費0円。釘も電気も全てタダ!?　隅田川のブルーシートハウスに住む「都市の達人」鈴木さんに学ぶ、理想の家と生活とは？

死してなお踊れ

栗原康　41686-1

行くぜ極楽、何度でも。家も土地も財産も、奥さんも子どもも、ぜんぶ捨てて一遍はなぜ踊り狂ったのか。他力の極みを生きた信仰の軌跡を踊りはねる文体で蘇らせて、未来をひらく絶後の評伝。

夫婦という病

岡田尊司　41594-9

長年「家族」を見つめてきた精神科医が最前線の治療現場から贈る、結婚を人生の墓場にしないための傷んだ愛の処方箋。衝撃のベストセラー『母という病』著者渾身の書き下ろし話題作をついに文庫化。

家族収容所

信田さよ子　41183-5

離婚に踏み切ることなどできない多くの妻たちが、いまの生活で生き抜くための知恵と戦略とは——？　家族という名の「強制収容所」で、女たちが悩みながらも強く生きていくためのサバイバル術。

グッドバイ・ママ

柳美里　41188-0

夫は単身赴任中で、子どもと二人暮らしの母・ゆみ。幼稚園や自治会との確執、日々膨らむ夫への疑念……孤独と不安の中、溢れる子への思いに翻弄され、ある決断をする……。文庫化にあたり全面改稿！

まちあわせ

柳美里　41493-5

誰か私に、生と死の違いを教えて下さい…市原百音・高校一年生。今日、彼女は21時12分品川発の電車に乗り、彼らとの「約束の場所」へと向かう——不安定な世界で生きる少女の現在（いま）を描く傑作！

愛と痛み

辺見庸　41471-3

私たちは〈不都合なものたち〉を愛することができるのか。時代の危機に真摯に向き合い続ける思想家が死刑をいままでにないかたちで問いなおし、生と世界の根源へ迫る名著を増補。

とむらい師たち

野坂昭如　41537-6

死者の顔が持つ迫力に魅了された男・ガンめん。葬儀の産業化に狂奔する男・ジャッカン。大阪を舞台に、とむらい師たちの愚行と奮闘を通じ「生」の根源を描く表題作のほか、初期代表作を収録。

カルト脱出記

佐藤典雅　41504-8

東京ガールズコレクションの仕掛け人としても知られる著者は、ロス、NY、ハワイ、東京と九歳から三十五歳までエホバの証人として教団活動していた。信者の日常、自らと家族の脱会を描く。待望の文庫化。

教養としての宗教事件史

島田裕巳　41439-3

宗教とは本来、スキャンダラスなものである。四十九の事件をひもときつつ、人類と宗教の関わりをダイナミックに描く現代人必読の宗教入門。ビジネスパーソンにも学生にも。宗教がわかれば、世界がわかる！

タレント文化人200人斬り　上

佐高信　41380-8

こんな日本に誰がした！　何者もおそれることなく体制翼賛文化人、迎合文化人をなで斬りにするように痛快に批判する「たたかう評論家」佐高信の代表作。九〇年代の文化人を総叩き。

タレント文化人200人斬り　下

佐高信　41384-6

日本を腐敗させ、戦争へとおいやり、人々を使い捨てる国にしたのは誰だ？　何ものにも迎合することなく批判の刃を研ぎ澄ませる佐高信の人物批評決定版。二〇〇〇年以降の言論人を叩き切る。

彩花へ――「生きる力」をありがとう

山下京子　40658-9

「神戸少年事件」で犠牲となった山下彩花ちゃん（当時十歳）の母が綴る、生と死の感動のドラマ。絶望の底から見出した希望と、娘が命をかけて教えてくれた「生きる力」を世に訴えたベストセラー。

彩花へ、ふたたび――あなたがいてくれるから

山下京子　40659-6

前著出版後、全国から寄せられた千通に及ぶ読者からの共感と涙の手紙。その声に励まされ力強く生きる著者が、手紙への返信と、娘の死を通じて学んだ「生と死」の意味を綴る。